诗
想
者

H I P O E M

生　　活　　，　　还　　有　　诗

多情故我

方慧颖　著

GUANGXI NORMAL UNIVERSITY PRESS
广西师范大学出版社
·桂林·

多情故我
Duoqing Guwo

图书在版编目（CIP）数据

多情故我 / 方慧颖著. --桂林：广西师范大学出
版社，2021.3
　　ISBN 978-7-5598-3561-1

　　Ⅰ．①多… Ⅱ．①方… Ⅲ．①随笔－作品集－中
国－当代 Ⅳ．①I267.1

中国版本图书馆 CIP 数据核字（2021）第 005606 号

广西师范大学出版社出版发行

（广西桂林市五里店路 9 号　邮政编码：541004）

网址：http://www.bbtpress.com

出版人：黄轩庄

全国新华书店经销

广西民族印刷包装集团有限公司印刷

（南宁市高新区高新三路 1 号　邮政编码：530007）

开本：890 mm × 1 240 mm　1/32

印张：8　　字数：180 千

2021 年 3 月第 1 版　　2021 年 3 月第 1 次印刷

定价：49.00 元

如发现印装质量问题，影响阅读，请与出版社发行部门联系调换。

目录

第一辑 风物依然

第二辑 花月无缺

第三辑　行旅山川

第四辑　惆怅清怨

第五辑　春韭秋菘

第六辑　多情故我

第一辑：风物依然

古诗中采莲蓬都是划着船，"莲动下渔舟"，想起来很美。我们是蹚着水采莲蓬，我和小伙伴们，有时候和家人。大家采莲蓬都跑来找我，我熟知这个荷花荡靠岸边的地方哪一块水深半米，哪一处水深过人头。又特别喜欢下到水中，任凭水漫过我的腰，向荷叶丛极力探入，采撷莲蓬。荷叶丛生在一起，拔下一根长长的梗，朝生长着莲蓬的梗一敲，莲蓬就朝我扑来了。一个角落就能采满满一篮子。端回家去，放在桌子上，一桌子青翠和清香。

采莲蓬

夏天的乐趣——采莲蓬，懂的人已经不多了。

我出生的南方村庄，从前沿着公路走一段，就可以望见田野中间的荷塘，有时是明晃晃的水面，有时是高出一截的翠叶，风吹过时，沙沙响。

现在开车过去，一望无际的田野，倒也是绿的，不太均匀，露出斑驳的褐色土——在乡下，种地的人已经不多，这样的都是荒地。荷塘自然也没有了，有时缩小成牛皮大小的水塘，有时候消失了，好像从来没有出现过。

有时我想，即使真有荷塘，也许会去采莲蓬的孩子也不会有了。城市里的游乐园，过山车、摩天轮、旋转木马，都比采莲蓬有意思得多。

而对于我，从前夏天最快乐的时光却是采莲蓬去。我家门前有一片荷花荡，现在看起来大约有两千亩，中间由一道石桥一切，变作两个荷塘。我家挨着东边荷塘，是一座石头建起来的房子，大而宽的石头，一大块垒一大块，变成了一座粗壮的石头房子。搬到这房子时，我大概是小学二年级，在同龄人里，我骨头比别人弱一些，和粗壮的房子相比，我是太娇弱了。

我由衷热爱我的新家。因为它面前有一个巨大的荷花荡，让我有一种住在神话里的感觉。除了上学，我大半时间都在荷花荡边，春天起，一大片白水空荡荡，水里有土堆。水涨起来，又看着一粒粒小黑点冒出来，慢慢长出巴掌大的绿荷，几声蝉叫后，突然间蔓延得无边无际。接下来的日子就度日如年。一放学丢下书包，第一件事是跑到荷花荡边，沿着青草湖岸远远走一圈。每日三巡，于是，第一朵花骨朵的消息及时接收。

回家吃晚饭。我家吃晚饭比较隆重，全家人围成一圈，菜好几盘，喝自酿的水果酒，每个人在餐桌上说今天的见闻。

我说荷花荡里的荷花开了第一朵。家里人听了也有点激动。第二日出门，母亲和邻居闲话：荷花荡的荷花开了，又一年了。仿佛这一年，等了这么久，才刚刚开始。

第一朵荷花开了后，接下来的荷花长出来是一秒钟的事。上一天学回来，照例巡察荷花荡，已经长出了几千个花骨朵，每一秒钟都有花朵在抽条，在绽放，在吐香。花朵开满两千亩的顶点到来时，我开始整夜不睡觉，吃完饭就去荷塘边，坐在荷塘前发呆，从傍晚到晚上，直至深夜了家人过来寻我回去。回去也不肯睡，在对着荷花荡的阳台上安了竹榻，躺着可以闻着荷香、看着月色睡去，这才满足。"寒塘渡鹤影"，这句《红楼梦》里的诗我是夜夜都深品。

我小学时，似乎也没多少作业，放学了，除了每天背《千家诗》、看课外书，基本都送给了荷塘。和荷塘相对，一天又一天，没有厌倦的时候。每日看完荷花，会折几支回去，捎带荷叶。花骨朵插花瓶里，半夜会开起来，一屋子馨香。盛开的过了一会就落下，把花瓣洗净，放进壶里煎茶，喝一口，全身都是不散的香气。沾满花粉的花蕊，装进布囊里，挂着，有时候和山上长的树叶混在一起，做枕芯，一沾枕头，清梦无数。荷叶有时剪了煎水，有时候做荷叶粥，有时包猪肉和馒头吃。

荷花虽然多，但盛开的时间其实并不长，不到一个月，最好的时光也就十天。一朵接一朵地败了，花瓣漂在水上，如一支支舰队。艳丽的花朵只剩下绿色的疙瘩，这是莲蓬。刚开始特别小，籽是乳白色的，手指轻轻一戳，就破了，这时候的莲子也能生吃，就是有一股青草味儿。莲蓬长得快，有时候两个星期就熟了。于是采莲蓬。

古诗中采莲蓬都是划着船，"莲动下渔舟"，想起来很美。我们是蹚着水采莲蓬，我和小伙伴们，有时候和家人。大家采莲蓬都跑来找我，我熟知这个荷花荡靠岸边的地方哪一块水深半米，哪一处水深过人头。又特别喜欢下到水中，任凭水漫过我的腰，向荷叶丛极力探入，采撷莲蓬。荷叶丛生在一起，拔下一根长长的梗，朝生长着莲蓬的梗一敲，莲蓬就朝我扑来了。一个角落就能采满满一篮子。端回家去，放在桌子上，一桌子青翠和清香。妈妈把莲子皮剥了，莲子仁的芯抠出来放在碗里，莲子放在盆里。剥到满满一盆，放到罐子里收起来。莲子绿色的芯，清热解毒，有蛇胆一样的功效，晒干了收起来。妈妈剥莲子时我懒洋洋在旁边待着，过了一会，就有一碗清甜的绿豆莲子汤喝，每年家里都有喝不完的莲子汤，有时一大包莲子拿去送人。妈妈说这都是我的功劳，但我只是喜欢采莲蓬罢了。

中　秋

　　周作人先生道在北京彷徨多年，未遇好茶点。每览文至此，便想合册写一纸请柬，邀他去我生长的地方，想必先生也是会满意的。尤其中秋将至，正要看夕阳，看秋河，看花，听雨，闻香，喝不求解渴的酒，吃不求饱的点心，日子过起来。

　　我家所在的小城，东南处有一条河，其实应该称作江，水面宽阔，江雾茫茫。江岸种满绿树，沿路行去，一路的绿叶繁荫，光照落下，窸窸窣窣——树叶里也有松鼠和小鸟。傍晚时一江水分作两半，一半是绯红霞色，落进天空，一半是冷静黛青，倒映山影。更迟的夜里，一片漆黑，只有几点渔火，和着些微星光映江畔树影，聊充几分韵致。到了中秋，小城突然间变作光亮的琉璃世界，到处是灯，大桥上，路边，江里穿行着游船，灯火辉煌，游弋不息。汉朝人说的"昼短苦夜长，何不秉烛游"就在眼前。船上也有些人手执乐器，吹拉弹唱。中秋之夜，立于船头看月，光华圆满，江水潺潺。我十分艳羡，几次中秋闹着要去游船，都被家人劝止了，道是江深水急，有落水之忧。我到底没能在中秋去游船，也只能每年中秋，和家人坐在顶楼，围着一桌茶点，团团坐好，一面翘首看月——有时缺有时隐，也有时雨，其余的都是皎洁光轮。看月无话，幸好有本地的细点可以慢慢吃。

周作人说："总之关于风流享乐的事我是颇迷信传统的。"
我也是如此。小城里有一条破败老旧的中山路，两边依稀是民
国时的牌楼建筑，岁日消磨，墙壁斑驳，却还有一点典雅的
美。这一溜牌楼里面，卧虎藏龙，尽是好点心。

牌楼沿街的店铺都不大，每一家也就是一进宽，点心的历
史倒有上百年。每次我向外地的朋友推介茶点，总会说这个是
我最喜欢的，那个是第一爱的。后来发觉自己言语矛盾。总归
是喜欢的点心比较多。

先从月饼讲起。本地有一特点，外地的月饼，不管什么大
牌子都卖不进来，本地人只吃本地月饼，嘴被养刁。中秋未
到，讲究的人家早到牌楼街的老店里预订了月饼，绿豆馅、芝
麻花生馅、冬瓜馅都做上。有些家里放客厅待客，其余的打了
礼包送人。尽是送往外地，道是让外地人见识见识什么叫月
饼。本地人好作豪语，月饼也确实是好月饼。

本地月饼算是酥皮，但皮并不厚。一层叠一层，薄如蝉
翼，每吃一口，好似翻开一页书，皮薄而看起来干脆，入口却
绵柔即化，令市面上皮糙而厚的月饼羞愧。我从小简直憎恨厚
厚的面皮，吃什么都喜欢剥掉皮，吃包子时也要咬开来吃馅
料，唯独本地月饼的皮倒是巴巴捡着吃。吃的时候也是有一点
美感，好像揭下一朵云放进嘴里。不知用了多少心思，竟能把
饼皮做得这般薄。两家老店，并不多接订单，迟去的就订不上
了，往往得半个月前就订上，着实费时。馅料也是家常几种，

我最爱吃绿豆。绿豆馅大概是中国饼里最常见的一种，本地月饼里的绿豆馅却和别处不同：绿豆全凝成块，入口时不嫩不老，耐久嚼，又鲜口，有一种中庸的不愠不火，也不知是千锤百炼还是温度把握太好，甜度又刚好，一点不腻，总之我是觉得太适口。

也有人爱吃冬瓜馅，也有人爱吃芝麻馅。本地人竟因此分成了绿豆党、冬瓜党、花生或白麻党，坐下来聊天时也会问句你爱吃哪种口味，无有不能意会的。有时也会加上一句：哎其实也就那样吧，有啥吃头。说是这样说，中秋未到，家里还是早早囤了一堆，包装是白纸红色图案，圆滚滚的主体，大小如圆筒炮仗似的。我是绿豆党，看到冬瓜馅就头疼，而我姐姐最爱冬瓜馅。世间人的口味，迥异如此。

我去过许多城市，包括北京，都未遇见好茶点。究其原因，是做得太粗或力道不足，不外乎香气不浓，味道不纯，口感不细腻。先不必说到外形的考究上，历史悠久的食文化大国沦落至此，也是令人恻然，面包店倒是到处都是，有几家卖的是中国传统的点心？也大多如此而已。《红楼梦》里的点心，味道是尝不到了，看名字也觉得口齿生津，心神俱往。里面也提到过月饼，《红楼梦》第七十六回写道："说着，便将自己吃的一个内造瓜仁油松瓤（同"瓤"）月饼，又命斟一大杯热酒，送给谱笛之人，慢慢的吃了，再细细的吹一套来。""瓜仁油松瓤月饼"是以瓜子仁、松子仁、油为馅，烘焙而成，不知道有没有当代的点心铺能做一个出来。

月饼外，最爱吃的还有花生糖。别处叫酥糖，我们那叫花生糖，真是花生做的，浇上红糖浆，凝成一小块，拿在手上，花生瓣清晰可见。花生里会藏一点白肉，咬上去，地道阐释了"香"这个字的内涵，香味在口腔里好像爆破一般。咬起来噼里啪啦响，有一种吃的明亮喜悦。故此花生糖又叫隔壁响，意思是吃糖时隔壁都听得到你的响动。当真值得一试。

润糖也是一种好物，它是把花生和糖浆等各种馅料混合，高温烧化，又用铁器或石杵敲击，把僵硬敲成柔韧的。《舌尖上的中国》拍过麦芽糖，后期工艺二者有些类似，但润糖柔韧性过之，特别有嚼头，越嚼越香。

花生糖和润糖都是茶配，闽南人户户喝茶，忙余饭后，檐下厅间，摆开茶具，喝着茶，吃着糖，话着家常。中秋节更是要重点摆出一盘，上面堆得小山一样高。

酥饺也是大赞。酥饺就是饺子油炸到面皮都酥化，一碰掉渣，里面小猪一样鼓鼓一包馅，咬起来又香又脆，一口接一口停不下来，性急的都一口一个。因为吃得急，好像猪八戒吃人参果，我至今也不知酥饺的馅料是什么，只知道里面掺了橘皮，有橘子香气。又甜又香浓，是好点心，就是不多见，市面也买不到，一般会做的人家自己做了，送两斤过来，就是意外之喜。这个时节，多半是中秋。

另一种也是"特"字号打头的，叫宝斗饼，小正方体，魔方大小，放进我的嘴里刚刚好。宝斗饼呈正六面体，因形似赌具辇宝，又被闽南人称为辇宝饼，用新鲜鸡蛋、猪油和豆油混合精面粉做饼皮，饼皮烤焦，饼馅用绿豆泥加油、白糖、冬瓜丁、葱珠油和芝麻油。吃起来又绵又软，有点甜，并不腻。近来好像有人改造成水果加糖馅料，失其本色了。这个饼也是我小时候一口一个的。月饼之外，它是本地中秋节的另一重要馈赠流通饼食。

还有两种点心中秋一到，家里便一箱一箱的，是南胜麻枣和手指饼。麻枣状如长卵，中空，外面满是芝麻，吃起来不油腻，又香脆，也不太甜，只有最后嘴里齿间，一丝黏腻的甜。也是茶余，一口半个，因为中空，吃完十个也不腹胀。手指饼形状像足美人的纤指，又细又长，饼皮烤得琥珀色，未入口心先悦。提拉米苏里有一种出名的手指饼，那手指却只好说是胖大婴儿的，又肥又短。我并不抽烟，记得有一种香烟专为女人打造，叫摩尔烟，又细又长的妖娆。我们这的手指饼正像摩尔烟。

中秋节的点心大抵是这些，水果则有特别一种，平和琯溪蜜柚。平和与敝乡毗邻。施鸿保在《闽杂记》中写道："闽中诸果，荔枝为美人，福橘为名士，若平和抛（即柚）则侠客也，香味绝胜。"蜜柚中秋成熟，故此是中秋必备单品。赏月时，一张圆桌，一家人围桌而坐，桌上摆好茶盘、酒器、月饼、酥糖、麻枣，再搁一两个大蜜柚，已是圆满。别的地方中秋有许多风俗，比如厦门，有博饼一事，大家聚集在一起，摇骰子，拿礼品，吆五喝六，十分热闹。似乎我的乡里中秋节过得文人气十足，究其原因，和漳州是个耕读传家的地方有关，许多风俗保留一丝文人的流风。在这样的时代里，有一种孤芳的雅致。中秋来时主要是赏月郊游，三五亲友，有时聚于顶楼，喝酒赏月，有的约好去公园里，公园到处都有露天的水果点心摊，架好木桌，还有茶盘茶具，供赏月的人取用。平日里也颇热闹，中秋一到，公园柳树下，大龙湖畔，更是灯影如潮，湖光潋滟，湖畔的草丛里，散落着星星点点的人，尽是赏月的。直到月过中天，月大如盆，白露无声洒满苍穹，人群仍不愿散去。家父严厉，我如在福建，必定不能出门，和家人一起过，坐在顶楼赏月，喝着酒，和父亲讲些古诗词里的月和中秋。有一年，喝酒刚一杯，一群同学开了大越野来找我。父亲挥手允许我去，我如蒙大赦，坐进车里，一群人呼啸而去，路上放着摇滚乐，先去了海边。跳下车，看月亮从海天相接的地方慢慢升起。海风吹拂头发，一群人席地而坐，看月亮，喝了好些酒，吃了装在盒子里的各种点心，还有肉肠、五香。坐了一会，又坐上车，沿着海岸线狂飙，又沿着小城兜了一圈，看万家灯火都沉浸在节日气氛里。城太小，不一会就兜完了，有人提议去虎跳山，于是去了。虎跳山在城外七八里处，是一座小山，在夜色里黑漆漆，树和山石都张牙舞爪显得可怖。山路陡峭，打着号子唱着歌开上去，一路上把路旁开的野花碰得簌簌落了一地。山顶上是虎跳寺，因后面一口泉而知名。本地人既有茶癖，泡茶的水自然也要一一品评。古人评的天下第一泉为庐山谷帘泉或济南趵突泉，又传乾隆帝用玉斗称量，认定玉泉山泉水最轻，赐封玉泉为天下第一泉，而本地乡里一概不认，评定虎跳寺的虎跳泉泉水天下第一。只是虎跳泉地处偏远，山路又难行，前来取水泡茶的人并不多。寺中有几个僧人，大门洞开，迎我们进去，院中有大石桌，搬了几把椅子，面对着山下，赏起了月，当时已近夜半，山上越发凄清，四面静寂，唯有天籁。此时赏月，月如在眼前，伸手可及，月光都洒在心上。同行有人由僧人带路，到寺后取了泉水，认真泡起茶来，一时茶香四溢。刚才热闹的一群人，都在月色山影里安静下来，静听月色如水淌过。静寂里，也许有松声……过许多年月，也造访过诸多名山，唯独那一晚的月色印象分外深刻。我们在山上直到深夜，才下山回城，途中看见三三两两回去的游人。

旧　乡

我离开故乡已经很久了。刚到北京头几年，每次年初从家里过来，下了飞机就想往回走，回机舱里赖着，简直抑制不住冲动。我想回我温暖湿润的南方海边去。

面对眼前这枯燥空虚的城市，荒芜纷乱的人群，时间久了，我也淡了冲动。潜入北京的生活，节奏水一样地漫过全身。故乡是遥远记忆里的孤岛，微茫得像海上的仙山，并不时时记得。故乡只能住在记忆里。远方，我以为，到不了的远方不是未来，不是遥远，而是过去。

海边长着一种小白花，绿得发黑的碎叶，有时候渔人捋去结网梢，大部分时间，漫海岸开着。这一丛，那一丛，这个季节，阳光暖暖照着。今天，北京这样冷。

北京有北京的好，热闹里也有红墙上绿梢头，幽静细细，中山公园春天一架紫藤，坐在那里，就是一首诗。高楼和地铁，豪车和剧院。我记忆里的故乡只有一个村庄，一条街道。

我出生在海边，中学时搬到城里，于是笼统把一整个地区称为故乡。更多时候海边那个孤独小村庄，带着它的无限荷香月色，是我思念的终点。后来的县城，只有一条每年拆又每年不变的街道，街上行人往来久了几乎个个面熟。看起来它是一条平凡的街道，其实它是一条神奇的街道。

街道两旁密密麻麻的小店里，埋伏着多少吃食。其实吃对于人类，是记忆，也是眷恋。

那条街上，头一名是润贡糖吧。漳州龙海有一种出名好吃的润饼，润饼雪白，名叫润，入口又润又细腻。另一个地方最好吃的是贡糖，咬在嘴里咔嚓作响，香气四溢。我老家这糖却叫润贡，有润饼的润和细腻，又有贡糖的香，每次路过街口我的脚都会情不自禁拐了方向，到街里去买润贡糖。从小到大，这在我爱吃的糖中排头名。但毕竟长大了有些不好意思，买时要稍微观察形势。有几次遇见我舅舅，他长得像年轻版的费翔，都当企业领导了，站在买糖的小孩堆里，人高马大，从糖铺老板手里接过热乎的糖块，一仰脖子，贪吃蛇一样吞下长长的糖块，看得我倒吸冷气，直担心他噎着。小时候我若得了稀罕的润贡糖，是要用牙细细地啃的，上面布满细牙印。糖入口再一小口一小口地嚼。那时候的人生，只有一种惆怅：润贡糖是会吃完的。为了延缓时间，含着糖块不嚼，但终于还是吃完了，香气在嘴巴里余留，第二天睡醒，嘴里还有嚼糖时香气四溢冲击味蕾的震撼和糖的绵密质地的温暖感觉。实在是很好吃的糖。好像我这一生，也只如此珍重过一种吃食。

现在想起来，润贡糖块的样子晶莹闪烁，也真是"文质彬彬"。那条平庸的街道上，埋伏着几十上百家，从清朝甚至更早开始经营的老店。日出时，晨起开门，街坊邻居川流不息沿着不变路线到来。天黑夜暗就熄了灯火，顶上店门，摆出一张大摆椅，在门外，咕咕喝着茶。虽然是每天忙碌，不知怎的，这样的日子看起来却好像芭蕉树一样平静，和别人无关。他们做吃食的手艺，大多是祖上传下，熟悉得闭上眼睛也能做，熟悉得一丝差错也不能有，也不会有。

这条街上，还有腌肠、肉管、肉干，一般挂在木头支成的大摊子上。累累垂垂，如酒池肉林里的肉林，散发金黄光泽。路过的人没法不停下来，不买也下死眼盯几眼，离开时盘算：明天是初五，可以过来斩一盘回去吧。腌肠、肉管、肉干，并不便宜，一斤几十块，在过日子人那里，得算着来，于是日子有了小盼头：过几日，菩萨做生，可以买两根肠，再切一盘肉管，要不，再加个卤猪耳朵吧？肉香四溢，孩子欢呼雀跃，这就是老百姓的日子。

街道的中间，清一色水面、肉丸、水晶粿，白皑皑的，雪白圆溜的，水晶透明的。如果器皿讲究，恐怕《红楼梦》宴会上林黛玉也要夹一个，再给贾宝玉搛一个。

听说前年，BBC（英国广播公司）翻山越岭到附近，给肉丸拍了一个纪录片。肉丸是本地人心头第一好，每月不可或缺。有时候单吃，白瓷碗里，雪白溜圆的肉丸子，衬着碧绿的莴苣叶，半碗汤，食欲大动，一口一个。有时候是放在汤面上，几粒在面条上躺着，时不时有人端了碗去找店主：我的肉丸怎么少了？店主也并不争辩，手一翻，大铁勺里两粒肉丸滴溜溜滚进面碗里，碰见面条上的扁食，打个趔趄。客人端回去，鲸吸一口，满意地叹口气。天地之大，碌碌一生，咬一口肉丸，就算有个交代了。

我最喜欢的是水晶粿，团团摆满了绿竹笋，皮是淀粉做的，好像琥珀的透明，又像黑水晶。淀粉并不是常见的地瓜粉，是山上的一种不知名植物，树株笔直，又非常纤细，顶着翠绿的箭叶。有时候走在山间，抬眼看见它亭亭玉立在崖下。把它的根茎，做成了淀粉，在阳光下闪着晶亮的光泽，几乎是少女的眼波。皮里包着春天的笋丝加瘦肉，如果冬天则包着冬笋，有时候也有萝卜丝、虾仁。我喜欢吃水晶粿，大概首先因为好看，其次它是一切包馅食品里少数不让人厌倦外皮的。每次吃包子，我都剥了皮，吃馅，对水晶粿，倒不，喜欢吃皮。

我妈妈最爱吃的是肉干，她以为这是世界上最好吃的东西，我常年在外工作，每次出门她都会买一大袋肉干，趁我不注意塞到我行李里。金色带点焦黄，边缘被火舌舔过的卷边焦黑，一大片薄如撕开的洒金纸，潋滟流光。我并不爱吃肉干，但在离家很远的地方，偶尔捻起一片，撕下来一小块，慢慢嚼，也是很好吃呀。

如今妈妈年纪大了，总有一天，会再也嚼不动肉干吧。

多 情 故 我

冬天在田野上游荡

南方的秋和冬是静静的。

信手拿个扫帚大的油画笔刷过去，深绿绮黄黛蓝，在地平线上平刷到底，一成不变。如南方女人的脸，天大的事下来也是静静地泛着细瓷的光。时间划过也不动声色。所以算不得很严重的冬天，只是秋之冬。

细想起来可以记得的小事却很多。冬天这个时候的田野，黄绿之后就一片干黄了，那是收割稻谷留下来的苑和稻草经雨后的颜色，中间跳来跳去的活泼小蚂蚱不见了，踩上去也不扎脚，想拢起来做个稻草人，也拢不了，硬生生的稻草们过了一个秋天，松松散散没了脾气。也不是所有田都空着，有人种小麦，绿油油的，一垄一垄在干黄空旷的田野上突兀躺着，很像一个厚乎乎绿生生的抹茶蛋糕，被随手搁在桌子上。小麦田埂边爱长草，开着小白花、小紫花，还有小叶片肥厚多汁的野菜。有人会拍照放在豆瓣上，比如婆婆纳、鸡笼草这些小草。那时候我和小伙伴们就去田里，带着小箩筐，埋在麦苗间摘野菜。一摘一下午，装进筐里满满当当的，回家倒出来一煮，一小撮。

这种季节最有意思的事大概是捡莲藕。秋天一到，满塘残荷萧瑟半个多月，突然一夜间又都变回了一大塘茫茫白水，于是就有大群工人从北方跑过来，像来南方过冬的雁群——这是我对于北方人最早的概念。因为这种活辛苦，当地是雇不到人的。挖莲藕是机器和技术都无法一下就解决的活，先用抽水机突突突地抽上一星期的水，湖面变成一面无边际的泥滩。寒冷的大冬天，一个工人陷在泥里，衣服、脸上、帽子上都是厚的泥，回去洗时都要拿刀刮的。他们拿着沉重的铁锹埋头挖啊挖，挖得有快半人深，有时是一人深，才能掏出一截长长的藕。掏的时候要特别小心，一不小心碰到就咔嚓断了。挖藕工人俯下身去，两腿深种在泥里，扭成一个奇怪的类似榕树虬曲的姿势。伸出长得坚实的手臂，小心地从泥坑里捧出一截长长带泥的藕节。那姿势，像捧一婴儿，饶是小心，但还是会有断的时候。这些断掉的莲藕，他们不要，就让我们小孩子捡走了。我上小学时，作业特别少，语文顶多写十个生字，数学三道应用题，放学了，天特别蓝，时间特别多，冬天一到，赶紧和小伙伴们跑到荷塘里捡剩下不要的莲藕，都好大一段，比今天市场上卖的还大。在泥地里翻找，一捡一个。好冷的冬天，腿的下半截都陷在淤泥里，在泥里倒不觉得冷，土是暖暖的。一挖一个大坑，里面黄鳝、泥鳅密密麻麻，一会跳出水面啵一声，溅得水花四起。到今天我还在惦记，那些黄澄澄的泥鳅、黑得发亮的黄鳝到底进了谁的碗呢？

　　大约是进了挖藕工人的碗里。我们只是捡点小莲藕就觉得冷得不行，他们却一整天站在泥水里。从遥远的北方来到这里，大约对南方相对温和的气候也不适应，哇啦哇啦讲着奇怪的话，收工后在湖里哗啦哗啦洗衣服上的土——把一湖夕阳搅成散金，然而衣服是洗不干净的，夜晚的寒气却漫上来。小时候的我站在那里看着他们觉得是很奇怪的存在，第一次觉得，真是寂寞！

拾完莲藕，螃蟹也回岸边草丛里安眠了，蚂蚱、蚯蚓都不见了，在田野上游荡的我们开始无事可做。幸好还有萝卜。萝卜是很可爱的植物，碧绿的大缨，白净的身子，干净清爽，如果有人长成这样，也一定特别讨人喜欢。讨人喜欢的萝卜一畦一畦整齐扎着，叶子在风里哗哗响。连日常人生都那么活泼。萝卜大起来的时候，好玩的事情就多了。正式来说，这时要摘萝卜，一个脆生生大白萝卜，轻轻一碰就出了土，干干净净，还带着新鲜泥土香，咔嚓一声拧下满是汁液的绿缨，扔进筐里和大萝卜放在一起。这边正摘萝卜时，旁边的大汉就开始挖坑，在地上挖一个直径一米多的圆洞，不用量也挖得那么圆那么漂亮。然后往里面堆稻草，稻草是按次序排好的，再上去踩结实，就像一个雕罗马花纹的玻璃杯底那样，厚实又温暖。胖乎乎的萝卜就躺上去，伸着手脚，横七竖八，铺满一层，白花得耀眼，宛如西方古典画派里的山林水妖。

当地有个小习俗叫"请人踩萝卜"，就是请一帮人去踩这个大土坑里的萝卜。这么好玩的事情，怎么少得了我和小伙伴们！大人小孩脱了鞋，一下跳上去——每个大人都是跳上去的，光脚踩啊踩。萝卜在脚下、稻草上吱吱地叫，发出快乐的声响。人群在上面转着圈，挨挨挤挤，踩啊踩，像踩弹簧床，很有快感。外面的人看了，受了快乐情绪的感染情不自禁地跳进去。人越来越多，男女老少，挤在一起，几乎要抱成团，脚下踩着节奏，在一个大圆圈上踩着转着，每个人都很开心。聊天话家常，一片欢声笑语，踩久了几乎要跳起舞来。长大后每次看到比如爱尔兰的民间劳动舞蹈，我总想起踩萝卜，劳动是美丽的，是的，干活姿势的观赏性并不亚于舞蹈。

越多人踩，萝卜才软得越快，最后坑里的人站不下了，会有一两个在转圈时被甩出来，站在坑边，气急败坏地叉腰看着萝卜坑里的人们欢乐。一群人用力猛踩快一个时辰，其间撒上大粒的盐巴，光脚踩上去有硌脚的糙感，后来萝卜渐渐软了，扁平了，摊在坑底像放了气的气球，瘪瘪的。又铺第二层萝卜上去，接着踩，这萝卜圆舞曲总要响上好几回。踩完三层萝卜，用草盖起来，精细的上面还铺个塑料纸。第二天再过来踩一回，接着就拿出来晒，在大田地上铺满一层，吹野风，暴晒着南方不要钱的太阳。大胖萝卜眨眼就消瘦成小果条那么细长，就像山东大汉突然变成了瘦黑汉子。又收进坑里踩起来——这次不需要那么多人，下面的草也干枯腐朽了，一股草酸味—— 一家子三四个人在上面踩一晚上就行。这时萝卜弹性也没了，踩萝卜坑就像在散步，边踩边说着收成、天气，明年的种子，年底的席，张家的媳妇……慢慢地，一个月左右，一坑萝卜就好了。这一坑萝卜就是农家人一年下稀饭的菜，存在瓮里，日常从瓮里摸一小条出来，切成褐色小菱块，放进白粥里，吃得吧嗒嘴。富起来的时候，它的身价也涨了，因为肯花这么大力气去做一坑萝卜干的人，很少了。有时在市场听人卖十几年老萝卜干，黑得冒油，一点儿就快上百元。在潮汕菜里，萝卜干是不可少的一位身形瘦小的重臣，在一切潮汕闽南小吃里，如果你突然吃到一种味道层次丰富，有十几层酸不酸辣不辣就是鲜又说不出什么味道的小细碎，喜欢得要手舞足蹈时，是的，你遇见了当年我们脚下快乐叫喊的白萝卜了。当年我们踩它时也是快乐得要手舞足蹈的，以快乐的心情制造出来的食物，才可以带来快乐。

茶 事

　　早上起来，熬了一壶酽酽的普洱，喝下去，人醒了。

　　我一直是个迷糊的人，迷糊地喝了几十年的茶。从记事起，喝的都是黑乎乎苦巴巴的茶汤。长到大，白开水很少喝，饮料几乎不喝——不是因为刻意养生或者其他，实在是人的口味在童年就已经定了。喝了这么多年茶，许多人觉得我一定很懂茶——懂是懂一些，但那些华丽丽的理论和其他也不大会说，我只知道，你给我一杯茶，我知道好不好，又或者能说出为什么不好，可能只能说到泡的水温或者制作火候这个层次上。说到底，我只是个喝茶的人，不是做茶的，也不是做茶艺表演的。

　　有次看电视节目，有个人几百种茶喝下来，每种都能说出制法、产地等，看得我羡慕不已，想着如果自己从小这么训练，大约也能有些小成果，做个茶中猎犬什么的——可惜回不去了。在我生长的地方，人们天天喝茶，可对这个"懂"字，要求并不高。他们坐下来，端起小瓷杯，细细品一口，咂舌点头不住地说：好茶！好茶！如此便可宾主尽欢了。好就是好，不用多说。

　　喝过各种好茶，一生只喝好茶，粗茶一进口就吐出来，固然是一种境界，然而我以为，喝得了大多数的茶（变质除外），好坏咸知，分辨清楚，深知滋味，才是真懂茶的人。茶原本是世间草木的精华，好茶又是其中上品，只想喝好茶，不想喝劣茶，正如人生只想顺遂不愿接受逆境，不是真喝茶的人——世间茶有千百种，务要喝好茶，人生也太无趣了些。

茶的滋味，正是人生的滋味。年纪渐大，对茶的要求渐高，现在让我喝粗茶，大概也是喝不下去的——开始不懂茶滋味了。童年时在各个村子里窜，每家去喝茶，大人小孩都四下去喝茶，无论80岁还是8岁，这就是闽南。当然也不是家家如此，某种意义上说，茶是个无形的分割线。

那时的茶几大多是红漆的，四脚撑开，茶盘类似盘子大，三个小瓷杯，一个茶壶或盖碗，当地叫"冲罐"或"苏罐"——直到今天我在北京也这样，上面照例是厚厚的黑黄茶垢。两碟小茶点一定是糖莲子和金寸条，话说再没比这两种点心更难吃的了，死腻，我从来不吃，或者把糖莲子里的莲子挖出来吃掉。有时还是糖渍冬瓜，我也非常害怕这种食品，吃在嘴里凉凉的，腥腥的，于是就一杯一杯灌茶。茶大半是沉香、水仙，还有更次一级的黄旦，用淡黄色的纸包着，上面印着淡绿的图案，经常是一片大而妩媚的叶子。炉子是小红炭炉，壶是铁壶，搁在炉上，一会儿就冒气。主人嘴里闲话说着说着，提起水壶来，往茶壶注上水，再搁回去。那时并不知道开水反复煮不好，一整天炉子都冒着白白热气——乡下炭也不值钱，茶桌大半在院子里，院子多半敞着半个田野，吹着沉醉晚风，农闲了，过年了，一天忙完吃完饭歇下来了，小炭炉的火就红红的。

沉香、水仙、黄旦是当地自产的茶，没有铁观音、大红袍的显赫声名，听说的人极少。水仙也不是武夷水仙，它们共同的特点是色黑味重而香气浓烈。大抵是山上的野茶树，农人上山时发现了，有心的人扯了叶子，自己制作。价格很贱，依稀记得是一毛二一包，一包可泡一个月之久。每次我泡茶，就大把大把往里放，也不曾被大人斥责浪费。泡出来的茶比老抽还黑，喝一口就眉毛倒竖，然而硬生生咽下去，却有暖流惬意，各种甘香涌上来。

长大后就很少再喝到，几乎有近 20 年不曾再听到这几个名字。沉香原本是名贵香料，却扯了叶子来做茶，也是有些浪费的，但是对乡野农人而言，只要闻着香，又是茶树，他便扯来做了茶——这大概是中国最初的茶道精神罢。去年有位认识的长辈专门做了沉香茶，道是十分稀罕——送了些过来，我却喝不惯了，一股浓烈的香料味和药味，倒不如小时候的野茶。前不久去北京一个茶会，看到一个人小心翼翼地从怀里掏出一包宝贝茶，又得意而小心翼翼地拨开茶叶，拈出一片大叶子，说：看，黄旦。我当时呆掉了，从没想过记忆里那么贱格的黄旦会被人这么珍而重之。细问之下，才知道黄旦有奇香，虽然味道不好，但能给众茶叶提香，又保得茶叶不串味，于是每每有收藏上等好茶的人苦苦寻觅，因黄旦产量少，故得一两叶就兴奋不已。世间物无贵贱，找到合适和对的位置便好。

其实我的乡里也是有茶山的，有茶山的地方都有浪漫的故事。茶山是美丽的，春天绿油油的一片——虽然非茶山也是绿油油的，但是茶山的茶树整齐，一垄垄绕着山盘上去，有人天天浇水，叶子油亮油亮像碧玉一般闪闪发光。很快，漫山就开起了茶花。茶树花是白色的，花瓣薄如轻绡，不大，鹅黄的蕊，香气腻人。因其边开边落，我看到的茶树花，总一半在树上，一半飘落在树根边。早晨上山，在乳白色的晨雾里，看着枝头开着的一半白色花瓣，一半飘落在地的白色花瓣，淡淡的惆怅和近于忧伤的美是日本俳句最爱的情怀。茶山很远，自然要早起。因为太小，我只去过一次，走到脚酸腿软，最后被人背了上去。当然，茶山的浪漫除了茶，更重要的是采茶妹子，中国民歌里多少采茶歌啊。我当时小，没赶上做个你侬我侬的采茶妹子，只是守着茶树下挖出来的花生，一大锅煮熟了，个大仁白，香得不得了，抱着吃啊吃；或者爬到山上屋子后面的荔枝树上去摘剩下的荔枝，那里的荔枝分外酸，酸到这么多年了我还记得。

荔枝树下是口方的大水井，用来浇茶树的——我竟没掉下去。吃够了荔枝，沿着树干爬到围墙上，再坐在围墙上看着大院子，一院子热气腾腾的人，院子里正在炒茶，架起一个大铁锅，男人光着的膀子流着黑汗，姑娘们在旁边添火加柴，洗花生的，打水的，做饭的，唱着歌儿，笑声、闹声扬上了天。自那以后我再没见过这么热闹欢乐的集体劳动场面了。有时我恍惚觉得，其实乌托邦是存在过的，只不过是在一群最纯洁美好的人当中，时间非常短暂。

上茶山的大都是姑娘，也就是说还没嫁的。而乡人风俗，把姑娘看得很金贵，轻薄不得，毁谤不得，姑娘也自爱自重，要行得正，要勤劳，要贤惠，要有好名声。可以说能上山的，都是好姑娘，和一堆好而漂亮的姑娘一起干活，那些少数男人自然也更加出力，不敢妄为。整一个乡村山头版的大观园罢。除了勤劳，大家关心的，还有谁最漂亮——但勤劳、贤惠总在漂亮之前，当时是那样的。每年茶山都有个或明或暗的"山花"罢。

我是三姨带着去的，那时年龄小到不辨美丑。据说三姨是当时的"山花"，村里一枝花。我实在回忆不起当时三姨的样子，等到多年后想去仔细寻找她美丽的痕迹时，她已经在田野劳作和海风里变得黝黑而粗糙。但当时，关于她的故事真的流传很多，还有小调。参看和她有几分相似的表妹、表弟，不外乎是眼眸如星、鼻挺脸白，加一张樱桃口，完全的古典美人模样——五官着实精致，令我艳羡。沈从文笔下的秀秀，大约是这般模样吧。想当初三姨穿个布衫，"青裙玉面初相识，九月茶花满路开"，据说当初上茶山的小伙子，大半都是为三姨去的，他们有没有为她唱情歌我不知道——想来是有的，我在茶树下睡觉的时候似乎有听到过。又传说，上山中途那棵老荔枝树下，每周都会有一群小学生在那上课。上课的老师兼校长一手拿了课本，眼神飘飞老远——在等三姨经过。为了看三姨一眼，他就美其名曰带小学生上山春游，每周春游，小学生高兴得不得了，到后来大人发现这春游太频繁了。各种传说很多，但主角三姨是个文静的人，这些情歌和小调就如山上飞来飞去的鸟儿、蝶儿，只是给茶山增添了一些气氛，三姨心里也知道的，所以她总是文静地低头含了笑，任由人说，任由人唱，被看得不好意思时走开。她非常勤劳，干活也利落，在整个茶山都很有名，又美，又好，怪不得当时许多人发了痴。闹哄哄了一阵子，但三姨到底也没主儿，下了茶山，三姨嫁了别人。事情说起来也简单，村里演戏，邻村的青年（我后来的三姨丈）来看戏，看到了三姨，种在了心里，回去一打听，更加爱慕，就求人来提亲。当时我姥姥有名的难对付，爱摆架子刁难女婿——我爹当年提亲提了30多次啊！深受提亲之苦的我爹仗义相助，两次之后，我姥姥竟然直接点头同意了。消息传出，乡人大跌眼镜，尤其年轻人，无不大起"早知如此……"之心。后来我问三姨为什么看中了姨丈，三姨说：也没什么，他来提亲了，我觉得可以。一个男子凭一面之缘，向一个女子求亲，并十分诚恳，已经是很大的诚意了，三姨是个纯朴的人，能体会到这个。何况姨丈人好，长得也好。总之茶山上的那一段日子，终究只是云端往事了吧。于是就下聘礼，来喝茶。咳！都忘掉在写茶了。

当地下聘，要走的一个重要程序是喝茶。就是喝"金枣茶"，乌龙茶里放颗蜜枣，蜜枣寓意甜蜜，"枣"又谐音到老。各种讲究：这时斟茶的人每每要穿了新做的衣服，头上簪一朵绒做的红花，手洗得干净，高高执壶，热热地斟下去，端到提亲的大舅爷面前，双方一起喝了，表示从此一家，甜甜蜜蜜。喝了茶，就是男方的人，不能反悔，安心等人来娶。仪式这种东西其实是在庄严我们的情感，在婚姻开始的时候，就有这种美好的期待和神圣感，结婚的人才能郑重其事地去做一对好夫妇。古人一诺千金，约束也只在自己内心吧。之前还得先拿蜜枣茶拜过天地——无论是天神还是庙里的神，或者人间尊贵的客人，在当地，通通以茶奉之。

　　我从小就被教育怎么奉茶。就是双手端着茶杯（小时候觉得烫手，练久了再热都能端得好），在众人中找出最尊贵的：一般是年纪最大的，接下来是威望最高的，依次端过去。如果有外客，先从外客里找，外客端完了，再端给时常来的，最后端给家里人，都是依照这个次序。可以说，一圈茶端下来，就是无形中排好了心里的位次。如果你想表达自己对某个人的不满，就把他排在最后。一般这个次序是依照民间声望和主人的心中地位来的，所以如果你和一群人进了闽南人的客厅，主人给你奉了第一杯茶，那么你大可自傲，这实在是表达最大的尊敬了，以我的年龄资历，目前喝到第一杯茶的次数还真不多啊，每次喝到简直要受宠若惊。这个风俗的起因大概是闽南多为工夫茶，只有三个杯子，那么先给谁喝就是一个问题。而且泡茶总是第一泡最香，越到后来越淡。后来茶杯多起来，也依旧遵循此例。但到别人家里喝茶的客，大多不是真为了喝好茶，只是大家坐下来，开始一定要做这么一件事，围着茶盘，边泡边喝边说话。

　　客人来家里，没给人端茶，人家会觉得你没教养；特别熟的朋友，主人或许跟你说声：这么熟，茶自己端哈。如果熟到可以到他家自己端茶或泡茶的程度，就是过命的交情或者最为紧密的亲人了。某种意义上说，茶是闽南人在自己客厅的主权宣示，它用来表达欢迎、融洽，甚至贬斥。如果一群人去某人家里，一群都喝了主人端的茶，只有一个没有，别人一定会出声提醒，以免主人失仪。如果主人是故意的，那么他们基本可以绝交了——不是夸张，这种事屡屡有之。只有一圈都热气腾腾地喝过热茶后，每个人脸上眼里泛着氤氲之气，手里握着杯子，穿梭在中间忙碌的主人也满足之余，宾主的交流才可以完成。不管进客厅之前是否认识，喝了茶后，就拉近了距离，可以敞开了怀聊天。

相比这样生气勃勃的日常茶道，我总觉得日本茶道如供在案上的香炉或硬生生绣在屏风上的花鸟。其实日常茶道也是严格有序不能有一丝纷乱的，比如端茶的姿势、方向，接茶的人也得双手去接，各种讲究。只不过它已经融进了生活和日常，成为人们思想和意识、礼仪的一部分。这些多是平常待客的习惯，如果是三五好友，约了品茶，那就是另一番面目了。回想起来，特意约了品茶的似乎不多，可能是因为大家基本每天都在喝茶，多半是哪位来我家里坐，我爹一高兴，在一堆大大小小、高矮胖瘦的茶叶罐里扒拉出一个小的，郑重其事地说："今天你来了，我们喝茶。"然后又从后面拉出一个装水的罐子，骄傲地说：这是某某山的水。于是客人就哗起来，一屁股坐下，整个晚上赶也不走了。到了这时，茶具通常都换了当下多见的那种大块木头雕出来的茶盘，依旧是瓷碗瓷杯，偶尔用紫砂——乡人不大追捧紫砂，有个好笑的原因是他们觉得紫砂不好看。好茶对大多数人都有诱惑力，极少数不好这个的，每每低了头，羞愧地说：不好意思，不大懂茶。当是时，连不懂茶都会自觉羞愧啊。喝的茶也变成了铁观音、武夷岩茶、普洱、红茶各种，我们喝得最惯的，还是水仙、肉桂罢。金骏眉等新贵也喝。

品茶更多的是在户外。当地的酒店，饭后都要送上茶具、茶叶和水，供客人消食休憩。我乡里的饭店，最受欢迎的都是在户外半开敞式的，有些对着海，更多对着山。老家有座将军山，山上搭了无数的茅草屋，做窑鸡等，我们每每到那去品茶，饭前喝半天，饭后再喝半天，坐在半山腰，对着山下的镜湖、远处的山色，芦苇袅袅，山风清新，四下无声，唯有虫鸣鸟叫和鸡肉地瓜的香气。左右四顾，每个草亭下，尽有像我们这样，伸了腿，靠躺在椅子里，惬意地享受辰光的人。还有一次是在山坳处，里面一个小碧湖，旁边种满花草，头上全三角梅繁花搭成的架子，下面几把木头椅子，先是在岸上喝，后来携了茶具，到湖里的船上去喝。水极清澈幽深，尽头处是水源，从上而下，宛如泻玉，琅琅有声。旁边开着一树紫色的木槿，弯弯曲曲斜映在水里，花瓣浮在水面上，见之每每忘言。

后来，为了食物安全和卫生，山下建了正规的别墅酒店村，人来得更多了，可还是山上的生意更好——喜欢在山上吃饭喝茶的人总是更多。最后山上的草亭拆了，我们喝茶就移到了山下的别墅酒店。那里也有好处，蚊蚋不多，而且可以在阳台上喝茶喝酒，每每喝着，一轮大而圆满的明月就上了中天。山上有好泉水，而且奔涌不息，随处汲泉，洗壶泡茶，也是当地人的一大乐事。

地方不大，每个人见面寒暄，说来说去不外乎是那些，自己所在的单位待遇如何，家里如何，婆媳如何。虽是这些，也可扯到茶：曾听到有人骄傲地说他们单位连办公室都喝一级水仙，哗，引得其他人一片羡慕眼光；也有人抱怨单位不好，不

　　　　　　　　　　　　　　多 情 故 我

是因为钱少，不是工作多，而是办公室里居然用三级水仙，她憋着脸气鼓鼓地："你说，这叫什么单位，居然让我们喝这种粗茶？！而且还限制茶叶用量！"我认识的有一个，因为喝不了单位的粗茶，辞职"下海"去了。茶米茶米，在闽南话里，茶和米是并重的，地位同等。

我当时在一个政府部门的小办公室里，最主要的工作是掌管一个巨大的青花茶壶，每天洗十几个茶杯，泡茶给人喝，听人讲话。没茶叶的时候补上。平常茶叶外，夏天添个枇杷花茶，或苦丁茶。大叶苦丁，在酷暑最热时，每人的大茶杯里搁上几叶，可消盛夏之暑。喝茶多了，大家肚子饿，我便安排点心，一拨通当地最好吃的水晶粿店铺电话，那里的小妹一听我的声音就知道了：两盒水晶粿，要快，大杠果树下的某院。休息时吃着水晶粿喝着茶，虽然我们那个单位清水寡味，但大家都做得非常开心。

我在家，每每在二楼大客厅，独自席地而坐，依着大茶桌，听着古琴，慢慢泡上一壶茶，闲看几页书。如果窗外下起细雨，琴声雨声，茶香雨意，是最好的时候了。案头有时置一把新开的水仙，香气袭人。偶尔游玩回来，折枝白梅插在陶罐里，颇有生意。再不济，几片肥而绿的蒲葵叶也是不错的。

酒　事

　　说起来，我和酒的关系，也不过与陶渊明差不多，篇篇有酒，时时提酒，其实酒量真的一般。现阶段喝的酒也大多是浊酒。

　　我和酒、和茶，都是从小就种下的缘。在酒气冲天、茶米并重的闽南，我大概是三岁就开始喝茶了，黑而苦的那种；喝酒应该更迟一些，可能是六七岁，记得很清楚是和姐姐趁大人不在，偷吃酿酒的荔枝干，荔枝干黑里透红，吃起来又甜又香，吃多了就醉了，那一次醉的是姐姐，躺在楼梯转角处痴笑。

　　闽南人重情，宴席多，每宴必酒。我的姥姥那边，上到姥姥，下到表弟妹，一聚会就喝酒，白的、啤的、红的。舅舅和舅妈，姨妈和姨丈，一对一对地对喝，你敬我，我敬你，觥筹交错——认字时我第一次看到这个词马上就理解了。喝到后来，平时有怕老婆良好传统的舅舅们胆气粗了起来，跟舅妈说话也敢大声些了，有时还吵吵。更多的时候，他们三兄弟在比谁更怕老婆，互相指摘取笑。"你！""是你。""是他。"胜券在握自信的舅妈们则在旁优游渥然，不置一词。姥姥私下对这种情形很不满："我养的孩子，男的被女的管，女的被男的管，哪一个都当不了家。"确实，除了喝酒的时候。可说啥呢，这个怕老婆的优良传统是从外公他老人家那里继承的。

最后评定的结果是大舅最怕。小舅舅每次和小舅妈说话必定要从一米七八的高度降到一米五几的高度，每次说话就叫她名字的一个字："英"，也顾不得旁边的我们满身鸡皮疙瘩。小舅妈过生日，伊从几百里外赶回来，一路上抱着一捧玫瑰，前面已经让人将舅妈爱吃的蛋糕送过去了——民间版的杨贵妃和唐明皇啊！二舅的方式是包揽家里的所有家务活。大舅每个月工资全部上缴，只留下买烟钱。有次喝酒，大舅终于愤怒了，跟大舅妈抗议说：下次不许掏我的工资，我要留着做些事情。为了表示愤怒，加强抗议力度，他跑进屋里去，想找个东西来摔——看了看碗，还得用；看了看电视，舍不得；转几圈，最后找了个没用的破木槽，恶狠狠地摔在地上，大声跟舅妈说："你下次不许这样了！"由于这次著名的反抗，他荣膺榜首。

这里的酒不是很雅，生于米、长于米的它们在文人诗歌之外，有着烟火气很重的一张面孔。

我第一次喝醉是初中时。某次和父母顶嘴，非常愤怒，一气之下跑到楼梯间，捞了一可乐瓶的老酒——米酒，一口气灌了大半瓶。然后立马就醉了，速度像火箭一样快，瘫在那里，天旋地转。刚好舅舅来家里，我一眨不眨地看他老半天，伸手指着他的鼻子说："哦，你是舅舅。"完全是白痴状态。这一幕，后来屡屡被提起来取笑我。

后来去工作，在一个宣传部办公室待了一年。本来是做接待的，可大家觉得我不会喝酒，从来不让我喝。最后辞职走的时候，我喝了几杯，领导惊讶得眼珠子快掉下来："原来你会喝酒啊！"是啊，可是他们从来不问我，理所当然地认为我不会喝酒。

又有次去海南旅游，是散拼团。结果鱼龙混杂，各色人物都有。导游有点意思，吃饭的时候，想灌醉我。我坚决表示不想喝，伊缠得紧。一起去的女人就偷偷告诉我：不要紧，有我。她负责倒酒，就在桌上摆了两排长长的大玻璃杯。往我杯里倒了白开水，杯沿抹上酒，散发着浓厚的酒气，往导游杯里倒了满满一杯二锅头。我拿起来，豪爽地一杯喝尽，抬头对导游说：该你了。导游自然二话不说，也提起杯子来，艰难地喝光了。刚放下杯子，跟我说了半句："我也……"就直接哧溜到桌底去了，后来由别人背回房间去了。说起来，这算是我喝酒生涯中最刺激惊险的一次了。

啤酒喝得不太多，大概是因为之前肠胃不太好。一直很怀念漓江边的夕阳下，暑气未散的夏天傍晚，和小鱼坐在放在水中的椅子上，脚放在清澈见底的江中，翠绿的水草在脚底挠啊挠。金黄焦香的烤鱼和晶莹清冽的漓江啤酒是绝配。其次是庐山的啤酒，用塑料袋装着，在庐山的雾里，边走边吸，好甘甜啊。好水才能酿得好啤酒，据说济南的啤酒也好，名泉多的缘故。

喝得最多的是红酒，以国产居多，张裕的，长城的，等等。在家里，最好的时候，是下雨，闭了门，白天泡茶，在客厅听琴看书，晚上在卧室里，喝一杯红酒，看一部电影。窗外的茉莉默默吐香。

白酒不大喝，偶尔为之。我爸最多的好酒是白酒，这个光我是沾不了了。大部分时候爸爸会诱惑我：来一杯试试？我摇头。又过了一会，又凑过来问：不试试？然后犹豫起来，好吧。喝一小杯，就皱眉吐舌头，大喊后悔。下次再问，接着喝点。无限循环。

更多的时候，我们去海边喝。在海边吃刚捞上来的海鲜，或蒸或煮或烹，从来不红烧，大快朵颐，南方的海鲜大抵便宜而好。带上自家的酒，在海边的饭店，有时是木材搭的大木房子，有时是石头的平台，都可以看到海浪起伏，落日绯红地落到海上，银色的鱼飞一般跃过海面。远处是长长的，拉网的渔民在阔大的白色海滩上画出的黑色剪影。

或者乘一叶扁舟，遁入无边碧绿的海上森林。到了深处，有许多白鹭栖息，见了生人也不惊，态度安详地站在枝头。大声向它呼喊半天，它才懒洋洋地抬起头来，姿势优美地一转脖子，飞上高天，只留下瘦削的水草，枝枝直立，在荡漾的水边画出长细的影子。这时，喝什么酒经常都忘了。

在教书时，学校不远处有一条大的山涧，清澈透底，奔流不息，上有拱桥，水里有大的小的石头，石头下有生长的兰草。和好朋友，周末经常带着地瓜、烧鸡之类，盘腿坐在水中的石头上，两人各自一杯，自斟自酌，有时带一本书看，有时就卧倒在石头上。也不大交谈。就这么一个下午。

所以说我喝的大部分不是酒。两人对饮山花开，一杯一杯复一杯。

此外值得记一笔的是桂林阳朔的月亮山对面月亮山庄的桂花酒。一次偶然喝到，惊艳，一口气喝了快一瓶，欲罢不能，香而清冽。毕业时，我们一群人一直琢磨，到底用什么办法能把这些桂花酒带上飞机，藏着掖着，想了许多办法，到底还是没带成。如果去桂林，记得吃那里春天的蕨菜苗，还有春笋尖炒腊肉。

第二辑：花月无缺

从前卖花只能挑着担子，在巷子里一路叫卖过去。"小楼一夜听春雨，深巷明朝卖杏花"，卖花声回响在雨巷，是从前人的美。一肩春色，走家入户。李清照写过："卖花担上。买得一枝春欲放。泪染轻匀。犹带彤霞晓露痕。怕郎猜道。奴面不如花面好。云鬓斜簪。徒要教郎比并看。"夫妻情浓的情趣，也要等卖花担来。妻子买了一枝花，插头上，让丈夫端详比较，夸自己美。狡慧美丽的佳人，多情温厚的丈夫，夫妻间的小时光。一枝花，挑起的爱和时光。

花　事

许多人问我南方有什么节令吃食，我总觉得每日饮食差不多，并无明显变化，但是四时插花我倒是可以说一些。

三四月，陌上蔷薇会开，拿一个玻璃盆，里面放满蔷薇，一夜全开，好像一个小荷塘，花开万点，一夏风光，尽在案头。

春天芍药开，也会很舍不得，得折一朵大红或金黄的下来，插入小瓶，放在大厅中间，取其绚丽，增室光彩。春天漳州人养得最多的是水仙，盆要用精雕细镂的瓷盆，天青或蔚蓝，清水装满，水仙放入，上面铺满光洁卵石，叶子青青，花瓣洁白，花蕊金黄。或者去市集上，看见木桶里装满剪下来的水仙花，可以买一把插入透明玻璃器皿，甚至高脚杯。五六月玉兰花开，用小白瓷盘，盛满清水，放玉兰花在上面，吐香默默，一室芬芳。有时旁边放上翠叶，翡翠铺白玉。荷香季节则折莲花莲叶，插入白瓷瓶，大瓷瓶，取高挑韵致，可单插荷叶，却不可以单插荷花。秋天一到，盆里的白菊花开满，拿剪刀剪一把，插到陶瓶或瓷瓶里，洁白芬芳。

栀子花是江南的花。福建只有在深山可见，爬山时遇见也会折回来，插在水中，香气浓郁，靠近时会觉得有月光倾泻下来。栀子花并不挑花器，皆可随意插入，所谓人擅其场，花胜其质。深山中还有一种碗口大的白花，是栀子花的变种，花瓣如薄纱，带刺，折的时候需小心，折一枝回家攀爬在书架上，另一端垂入水中，叶子绿得发亮，花朵洁白，眼前立时有山野之深秀蔚然。

闽地花并不多，多种果树，开花不能随意折损，途中遇见桃李花，只能欣赏。独有野梅花，梅子酸涩，不大受人喜欢，可以随意去折。冬天一到，打听野外有白梅，远道去赏，赏完折几枝回来，插入深色陶罐，疏影婆娑，最适宜放在茶桌上。

闽地原本花木稀少，独产兰花和茶花。漳人尤爱花，家家养花，一时间四处花枝光艳，行过小院，墙头多有花枝探出，夹道时有红花片片落于石上，恍然如《聊斋志异》里的婴宁居处。也有百花村这样的地方，家家以种花卖花为业，卖花在漳州是一个古老的行业。兰花和茶花，俱是花中君子，君子如玉，如琢如磨，令人久处无厌。我家中种植多是这两种花，尤多植兰草。闲行山上，道旁常见兰草丛生。有乡人以至山中采兰草为业。山中深谷，石旁涧边，郁郁深秀，常伴泉声，有天然的韵致。古代《金漳兰谱》记天下名兰32品，有18品产于漳州。随意选择一种兰花，最上者取四足瘦腰砂盆，用心培植，赏其叶，观其花，醉其芬芳。兰草放于书房内、客厅中，一盆便可以令全室一涤俗气，疏朗生辉。茶花则用大陶缸，挖山上的红土，色取大红最上，次者洁白，其余诸色又下之。兰草最宜衬字画，匹配茶香，一室雅趣，生气蔚然。对着兰草，常觉得辰光静好、岁月无痕是真的。

儿时家中常植菊，母亲种的，每日浇灌，秋日一到，阳台上花朵累累，绝色春光。母亲喜欢朱红大爪菊，开时好似流瀑一般；我喜欢白色小雏菊。菊花比较好养，用大陶盆，装满土，开到满盆，看着心情愉悦。白色小雏菊全开起来，看在眼里，清新如诗，让人有说不出的欢喜。乡间的花，只有油菜花，春日开得灼灼，却不宜插瓶，一般是和朋友，带了酒和肉食，去花旁喝酒赏花——这般有趣的朋友，毕竟不多，《浮生六记》里也没有和一群人相约看油菜花的情景。

玉兰花

　　今日得空，在电影主题餐厅看了半天周作人。满意这一刻。扎啤不错，培根加土豆放盐就很好吃。乘夜色归来。遇见天桥，一时兴起提着长裙跑上长长的斜坡，站在天桥上，看山下车流和灯火。天上月华淡淡。下了天桥，有三两行人深夜归来，我的长裙在地上走出延绵不断的涟漪。

　　从前在福建，夏天夜里走在路上，头顶总有玉兰花落下，因为太香沉，砸了一头一脸。玉兰花不是北京的白玉兰，在漫长的时间里，我总把二者混为一谈。在书上诗里看见提起玉兰花开，觉得自己懂了，到了北方才知道此玉兰非彼玉兰，芥子不是须弥山。

　　第一次在北京看见玉兰花，我有些受惊吓：花瓣这般大而厚——足有一本《唐诗三百首》厚，若在小时候，难免要拿它去做过家家的道具。下意识想起《庄子·逍遥游》说："覆杯水于坳堂之上，则芥为之舟。置杯焉则胶，水浅而舟大也。"想必用玉兰花片是绝无问题的。几瓣玉兰花，炒一炒，也足够我下酒了，花瓣肥厚，似乎也可红烧。站在花下，第一次想起的不是诗，而是诸般杂乱。然而北京春天，玉兰花十分美丽，初春薄寒，凌风自放，艳色宛如号角，一见精神振奋。许是北方严冬太凛冽,故此玉兰花生得硕大饱满。《诗经》里:"硕人其颀,衣锦褧衣",讲述的便是这般高大修长又饱满的美。玉兰花立在高处,安静美好,真当得起:"巧笑倩兮,美目盼兮。"

记得有次去北大,寒冬初褪,到处是融化了一半的白雪,露着褐色土地。风刮得脸疼,路上的人都缩在衣服里,我穿着厚如被褥的长羽绒服,戴好针织帽,手揣在大口袋里。我去报考博士,因为放假,天太冷,人也稀少。填完一沓表,咬坏半个笔头,在静园闲走,在草坪上遇见了几树玉兰花。远望去是几根光杆,走近了才发现,光杆上挂了几个小花苞,小小的,鼓胀,淡绿色包衣里努力挣出朦胧的紫色。花苞并不大,不知为何看了很激动。我仰头在树下看了半天,突然发现旁边也有个人。他穿军绿色外套,头发花白,面容平静,见我回望他,问:玉兰花好看吗?我说:好看。我们彼此满意点头,又一起仰头看花苞。才12月底的天气,周围林林总总的建筑、湖岸、山和房子里,花苞好像一个惊喜。因为这一幕,北大静园在我心里是美的。

前年我住在北师大北门附近,是一个木质的阁楼,周围墙壁尽是书架,光从窗口漏进来,我躺在榻榻米上,看一本日本历史传记。有时用笔记本写作,闲暇去厨房做饭,阳台上有大跑步机:仿若穴居。过了几天,总觉得吹进来的风空气里有点甜味儿,决心出洞去看看。北师大周围其实挺有意思,有一家面馆,长长的木桌,上面堆满了书,可以边吃饭边看书。我心里直怀疑这个店主是不是和我一样从小读书狂,每次吃饭时看书被父母呵斥,心里埋藏的愿望生根发芽,长大后有了这么一家书店。总之一派淑女、走路超模范等各种姿态一到这里立马被打回中学生模样，美美摊一大本书，美美地吃面——这么吃面太香了！面馆的隔壁是一家书店式咖啡馆，咖啡馆式书店，吃完面，我去那里坐着看书，有时看法国小说，看着看着，有一种异样感，抬头一看，呀！撞见了盛开的玉兰花，一大枝一大枝，竟然开到落地玻璃窗前。隔着厚厚窗子，它还是惊醒了我。每次见玉兰花，我都有吃惊感，大约气息太浓郁，春色逼人来。我终于找到了甜味儿。

有三枝玉兰花，开得满满，压沉了枝子，垂到窗前，紫色和白色辉映，灿若星河，在风里微微摆动。隔了玻璃窗看去，人有些呆了，那个下午，我就不怎么看书，坐着，看风吹窗外的玉兰花，风吹起花瓣时，脑海里都会响起清脆悦耳的声音。玉兰花有许多别名，甚有雅趣，如木兰、玉堂春，还有一名是辛夷花。从小吟咏不尽的那首："木末芙蓉花，山中发红萼。涧户寂无人，纷纷开且落。"便是写辛夷花。

诗以《辛夷坞》为题，想必王维归隐的辋川别墅里，也尽种植辛夷花了。春日之时，花开欲燃，他坐于花下，花开与心俱明，花落与心俱灭。辛夷花的浓烈生命让王维体验了怒放和寂灭，唯有怒放才是完整的生命。我想别的花，再唤不起这般空灵深透的体验。辛夷花姿态优雅，也隐藏着一抹风流袅娜，难怪令人观之不尽。

同样是玉兰花，在白居易笔下却另一副模样："腻如玉指涂朱粉，光似金刀剪紫霞。从此时时春梦里，应添一树女郎花。"写的是脂光粉气、春梦撩人的女郎花。这也是玉兰花吧，摇曳枝头、春意盎然、逢人就笑的那种。大雅，大俗，玉兰花还有多少面孔呢？李商隐的这首也是好的："弄粉知伤重，调红或有余。波痕空映袜，烟态不胜裾。"写得袅娜楚楚，不胜风流，别的不说，在我看来"烟态"二字便道尽静园那抹淡紫的惊心。古人说美，以淡为佳者多，如空痕，如疏影，如暗香。

我平生所见最多的玉兰花，竟还是在住处附近。说来凄惶，我在北京，多年漂泊不定，对北京的熟悉是靠搬家完成的。2014年住在甜水园一个老小区，房子是80年代的，楼梯阴暗，角落里堆满遗弃的杂物。可喜的是小区里遍植花木，桃树、丁香、玉兰、迎春、蔷薇、绣球……春天一到，刚做完一本西方学术书，满脑子头昏眼花，下楼一看，眼睛更花了。少了树木遮挡，春日的阳光原本明亮，我抬头刹那，竟似乎有很多小太阳闪耀，定睛一看，眼前一棵大树，上面开了不是几百朵，是几千朵皎洁的花。树很高，站在楼前，足高过三层楼。我突然无语。并不记得冬天搬来时，见过这里有一棵树，还这么高大，大概是树干灰色，冬天天也灰色，映在建筑墙上，我忽略了其形迹。一夜间，也没长叶，全开了花，花如此皎洁，花瓣简直像金属雕刻出来一样，阳光落在上面，折射着光芒。风一吹，满树流动的云朵。这收获太巨大，我有些茫然失措，转身又发现相对的花圃里，开满紫红色的玉兰，也一般高大，满树绯红和淡紫。一树白云，一树晚霞，囊括了清晨和傍晚。站在树下，那种心情，宛如一夜暴富，几有惶惶之感。陆龟蒙的诗里写："堪将乱蕊添云肆，若得千株便雪宫。""云肆"和"雪宫"落在我的眼前，我写作和做书开始安心不了，过几个小时就下楼一巡。说起来这是我见过的最盛大的玉兰花开了。朝阳公园里的玉兰花也不少。

有年去九寨沟，正是秋天，听当地人说有个药王谷，满谷辛夷花，足有 10 万株，春天满谷花海。光听说这件事，已教我痴想了一路，只是行程匆忙，又是秋天，没有前往。买了一包辛夷花回来，晒干的黄色花苞，十分不美，用来医治我的鼻窦炎，一凑近，有股浓郁药味。玉兰花，不，辛夷花到底有多少面孔，我很好奇。每年春天，我都会有一刻失神，想象一个叫药王谷的地方，那里开着 10 万株辛夷花。

多 情 故 我

卖花人

网上有人卖初开的桃花，带花苞的，说插入大陶罐，遇水会开，小疙瘩开成一团粉。

这种职业其实很好：到山上去，折下春天，装进篮里筐里。

也许具体做起来没那么浪漫。还是觉得美。备注看起来都有意思："三月中旬开花。重瓣粉桃花。红豆一枝。"不知不觉，电商有了一抹诗意。也卖蜡梅、红梅，图片看上去，蜡梅黄得心颤，露水晶莹。香气慢慢从手机里透出来。

翻了翻，有海棠花枝、带小白花雪柳、日本樱花、杜鹃花。真是一个售卖春天的人啊。

从前卖花只能挑着担子，在巷子里一路叫卖过去。"小楼一夜听春雨，深巷明朝卖杏花"，卖花声回响在雨巷，是从前人的美。一肩春色，走家入户。李清照写过："卖花担上。买得一枝春欲放。泪染轻匀。犹带彤霞晓露痕。怕郎猜道。奴面不如花面好。云鬓斜簪。徒要教郎比并看。"夫妻情浓的情趣，也要等卖花担来。妻子买了一枝花，插头上，让丈夫端详比较，夸自己美。狡慧美丽的佳人，多情温厚的丈夫，夫妻间的小时光。一枝花，挑起的爱和时光。

卖花这行当，由来已久，南方居多。江浙一带，淡柳天，挑花担，卖栀子花，一担露水带花，花带露水，好看。旧上海卖白兰花、茉莉花，姑娘买了鬓上戴。会生活的李渔认真写了好几页纸，什么花该戴在什么地方，什么时候戴。茉莉花太香，日常不插，白兰花插在鬓边，睡觉时一枕香气。福州也产茉莉花，夏天打车坐在车前座，车窗挂着一串白色"贝壳"，认真看，是茉莉花用线串成，一晃香气就喷出来，一车满满都是，果然太香了。有时候我会买了一串，套在手上，不在封闭的空间里，倒没觉得呛。

闽南产花，卖花人多。漳州一座圆山，圆山下一座百花村，全村卖花。在漳州我大爱溜达这里。百花村在龙海和漳州的中间，一家一户，小院子，木篱笆，敞着门，花枝从门上伸出来。在村里乱走，小路安静，花枝繁密，桃花、水仙、菊花、梅花交替绽放，真想一年四季都住在这里。

花枝中间是茶桌，花农坐着，泡工夫茶。我坐下来，和他们喝几杯茶，听他们谈春天了，碧桃种几枝，牡丹杏花南方不好种，芍药两个头的开出来红白两色。想买花的人进来，看到喜欢的，挑了扔下钱就走。

圆山离漳州有一段距离，骑车要 40 分钟。一路骑过去，全部是水仙花田。春天长着青青蒜叶，冬天是水仙花头。水仙花出售时是用箱的：花农在田里，用巴掌大的小锄头挖出水仙头，带泥晒到半干，装满纸箱。我们从前都是一箱一箱地种。后来水仙涨价，变成一盆盆卖。春节前夕，街头巷尾，找个地方摆张大木桌，上面放满水仙花，植株高的价格低点，雕刻的贵点。单瓣金盏，复瓣百叶，金盏好看。或在地上放个木桶，木桶里装满水，插满水仙花，扎成束卖。买一束插在笔筒里刚好，白玉盘，黄金蕊，华贵的美。水仙花香气沉郁，无意中路过花摊，衣襟上便沾染了香气。"弄花香满衣"，不是每种花都如此，不过弄水仙花一定香衣。

我没有法子穿越到唐朝。不知道牡丹花开的季节，是不是也有街头花担，放满牡丹花，唐代丽人可以买下一朵戴头上，美上一天。在宋代，倒时常有卖花的担子，只是爱戴花的变成了男人，买一朵石竹（如康乃馨）戴在耳后，越发显得风流俊俏。《水浒传》里"一枝花"的名头是这么来的，浪子燕青也常戴一朵在脑后：美男专利。

宋代酒肆里，一定有唱歌的歌女，有写词的书生，也有卖花的担子。说起来，宋代一定是中国历史上卖花担子最多的朝代，男女都戴花。"谁令骑马客京华"，南宋京华是临安，在杭州边上。陆游听到的卖杏花担子，或许曾经把花卖给李清照。

江南和闽南外，还有一个地方，也是卖花蔚然成风。我前几年去成都，去之前，想成都是偏北方，自古蜀道难，想来也是偏僻地带，去了以后，却发现文风流溢，斯文一方。冬日一到，家家户户，大瓶插满蜡梅，书店、咖啡馆、古董店、茶叶店、服装店，门口或厅堂处都供着大瓶蜡梅。蜡梅有一种清丽的美，香味悠长，有点蕴藉，走近了舒服，远看悦目，像书法一样，简单、明净，又舒展，乍看熟悉，认真看起来是一个世界。冬天的成都变成蜡梅的城。买蜡梅的人多，卖蜡梅的自然也多，每一条街上，都有小花店，进去一看，花只有三五种，门口处一个大桶，店里可谓蜡梅成林。这不是普通花店，这是蜡梅花店，买花的人也大多只买蜡梅，抱着走出去，堪称成都一大景观。

雨中花

有春雨的夜。

夜里有了春雨，别有滋味。有了春雨的夜，是有了梅的窗，有了酒的聚。

静谧的夜里，听着雨声，一种无言生机在宇宙弥漫。夜是静谧的，雨打破了宁静，又融于宁静。雨声的节奏，对人是一种抚慰，使人涤去尘埃和躁动，真正归于宁静。静到深处的夜，仿佛世界沉入自己的内心海底，雨声唤醒感受，如一尾海豚浮出海面，优游自在，看无边广阔。悠游和广阔，人之大境，人之快事。不经意看到《庄子·天道》说："以虚静推于天地，通于万物，此之谓天乐。"立时心有戚戚焉。在春雨的夜里，沉静了自己，空虚了自己，和天地相呼应。

"夜雨剪春韭"，字里行间都是喜悦。因了夜雨绵密，雨声淅淅，春韭当季，人情温暖。

春雨下的不是雨，是密密麻麻的花骨朵，这样想，心里有一种愉悦。雨的尽头，也许是世界的边缘。在雨里，有没有谁在心跳，和我一起在静静的夜里，感受到即将来临的生命力量？

夜里听雨，心思容易悠长，仿佛一叶扁舟，荡入一汀芳草深处，迷失得不知何往。雨声悠长，时光一时放缓。江南村舍，"杨柳堆烟，帘幕无重数"，如雨声里节奏的慢。说起雨容易想到江南，也是因为如此吧。江南的雨又有舒朗的，去过西湖的我，想着一场雨，在孤山上酝酿，漫过西湖水波的上空，到了六和塔，在九溪十八涧（烟树）上方，淅淅沥沥，和烟树下的淙淙流水应和。不禁想泡一壶龙井茶，一点点咽下茶香、雨色。

我喜欢在春夜里听雨声。思绪漫无边沿，雨声也漫无边沿。零星敲打，慵懒随意。有时候站在雨里，看雨打一朵花，把花瓣弄湿润，叶子绿得深，又一下一下把花瓣打歪，颜色变浅，花蕊从花中掉落。

下过一场雨，树叶花朵吸足了水，沉甸甸，惬意得要午睡。"绿肥红瘦"，"花重锦官城"，如斯韵致，古人早有觉察，诉诸笔端，便是经典。一旦有风，左右摇摆，有点艰难，哗啦啦又下一场雨。是花瓣上的水。我家院落从前种了几棵木芙蓉，下雨了，我就守着木芙蓉看，看开了一天或几天的大大的朵，在雨里动人起来。在阳光下时，光是明亮的，花也是，下了雨，就多了韵致楚楚。夜里下起雨来，不像平常雨声，而是滴答、滴答、滴答，间隔有几秒钟。我坐着喝茶，听雨，半天，突然意识到这是雨落到最高处的一朵花，又从第一朵花滴落下来，掉在第二朵花上，又滴落在第三朵花上……在夜里，听得清晰。川端康成写过一篇《花未眠》，提及在夜的深处看花。静的时候，无人的时刻，花的美唤醒了作家的生命和感受。

我家的木芙蓉不多。房子后面有一个大的弃屋，有石墙，有门窗，无屋顶，经年不修，罕有人迹。从门口经过，一片草木深。夜里有狸猫叫，夜路归来，月光冷冷投在石梁上，经过时都踮着脚尖，恨不能一溜烟跑过。有一日，妈妈对我说，那屋里有洛神花。

这是在乡下老家时的房子。洛神花是什么？我没有见过。然而我也绝无兴趣去破屋探险。

有一天中午，我不知受了什么蛊惑，走进了石屋。进去一看，幽暗中，满屋子的暗红花朵，高挂枝头上。整整齐齐，并不凌乱。叶子是深绿色，高过人头，花朵猩红，开得满屋子都是。很意外，也觉得这般艳丽，不愧洛神花的名字。

然而胆小的我还是很少去石屋。有时候夏天夜里下大雨，雨打着荷塘上的荷叶，满天鼓声一般，由远及近，有点《秦王破阵乐》的意味。这时心里会惦记一屋子的洛神花，这么大的雨，打落了没有？乱落如红雨。在夜的角落，在雨声里发生。百无聊赖，我坐在灯下时，有一屋子的红朵纷纷落下。光这么想，这一寸光阴，也有了美的意味。

山茶花

年来已是初五，春寒依然，正所谓：尽日寻春不见春。

今日去七星山，不期然偶遇了一树山茶花，一时间，春在枝头已十分。

我在七星山林漫行，不经意行到一树山茶花下，绿叶粉朵，明艳可爱。茶花的花形有一种静谧感，花瓣重叠，有条不紊，好似一首七言律诗，一句、一词前搭后应，彼此衔合无缝。这一瓣是起，那一瓣是承，粘和对，俨然契合，密密层层。记得曾看过雨中的山茶，晶莹雨珠滴落在上面，竟不曾有漏。

露珠滴在山茶上，盈盈欲滴。是一丛深绿叶久藏的心事，对宇宙欲言又止。突然想种一缸山茶，下雨时打伞看雨滴在茶花朵上，四周无边的雨幕，独对花朵，是美的。

我家楼上也曾种过一缸五色茶花，开得琳琅满目。后来不知何故，竟没有了。在阳台上看到那个改种上草药的陶缸，有一种无言的惆怅。

说起来，山茶是一种较为完美的花，外形艳丽，又花期长久。

李渔在《闲情偶寄》中赞其"戴雪而荣"，"具松柏之骨，挟桃李之姿，历春夏秋冬如一日"，说的就是此事。

赏山茶花，先在其色。李白写过《咏邻女东窗海石榴》
（海石榴是山茶的别名）一首："鲁女东窗下，海榴世所稀。珊
瑚映绿水，未足比光辉。""珊瑚映绿水"，道的便是山茶色之
鲜妍，其绿叶如湖水，花朵灿若红珊瑚。

　　山茶花的美，还在于韵。它的韵是一种优雅的秩序。秩序
和规律是美，山茶花比之诸花更突出秩序的美。巴赫是古典音
乐里的数学家，山茶花则是百花里的巴赫。

　　艾略特说："创造一种新节奏的人，就是一个拓展了我们
的感情并使其更加高明的人。"造物神奇之手，创造了山茶花
的规律和秩序，使之无论在雨中，在檐下，在风里，都优雅齐
整如一首古典的钢琴小品。

　　山茶花的凋落也和诸花不同，它是完整一朵落下，并不是
花瓣片片零落，属山茶而花瓣片片飘落的唯有茶梅。别的花凋
零时一片一片随风而逝，有一种凄凉之别情，而山茶花一整朵
落到树下，却有种决绝的大美。山茶落花时，一地繁花，和留
在高枝上的山茶花相映生辉，宛如影落。贯休写过一首《山茶
花》，以坠楼的绿珠喻之，道其宁可青春年华而死，也不愿苟
活于世。原诗是："风裁日染开仙囿，百花色死猩血谬。"写的
却是红山茶。

　　山茶大抵红白两色，中国人似乎偏爱红色（即绯色）山
茶。晚唐段成式在《酉阳杂俎》中称："山茶叶似茶树，高者
丈余，花大盈寸，色如绯，十二月开。"红色茶花在古代已经
培育成林，在晚唐一部分文人里最被推赏。晚唐司空图写了
一首诗，把牡丹贬得一文不值，推举他心目中的缪斯山茶花：

　　　　　　　　　　　　　　　　　　　多 情 故 我

"景物诗人见即夸，岂怜高韵说红茶。牡丹枉用三春力，开得方知不是花。"

古人咏绯色山茶，多在雪里，常见名目：雪中山茶之咏叹。白雪皑皑，红茶花一朵，鲜明的图画。其实古代咏红山茶诗词极多，我偏爱苏轼写的。

苏轼《邵伯梵行寺山茶》：

> 山茶相对阿谁栽，细雨无人我独来。
> 说似与君君不会，烂红如火雪中开。

"细雨无人我独来"，一种潇洒态度。"烂红如火雪中开"，又刚烈，又优美。

世人种山茶，多爱红白间植，显得纷繁可爱。

> 红山茶，
> 白山茶，
> 叠地有落花。

这是日本河东碧梧桐的俳句，看着便是一个小天地。

日本人管山茶叫椿，以单瓣为主。日本椿协会副会长饭弁礼五郎曾说："山茶是宫崎市乃至全日本一种非常重要的花种，特别是单瓣的白色山茶，她是纯洁、沉默、思考的象征。白色山茶，冰晶玉洁，娇小玲珑，从古到今，宫崎那种山茶精神，是日本文化的基石，这就是日本人始终热爱单瓣山茶的原因。"

西方人对茶花的热爱不亚于国人，形成了完整的茶花文化。从小仲马笔下的《茶花女》到香奈儿的山茶花系列，茶花是西方人生活和文化里的长盛之花，因其奔放、优雅，而为西方人所热爱。我觉得这一部分审美，和苏东坡是接近的。

多情故我

梅　赏

　　我不随意到处赏梅。每年赏了一遍又一遍。我的梅园，不在南，不在北，不在山间，不在岭边，我希望它在清溪边。

　　一年年，我在诗里赏，在画里赏，无端遐思，也许一夜风起，梅花落了满山。蹙眉一颦，梅花瓣落下眉间。

　　"梅花"二字，在古代佳作浩如烟海。多少了不起的人写得这样好，我觉得已经在诗中赏尽了梅花，鄙陋世间，难寻这般清雅梅花。我要在西湖哪一个冬日去造访，恰逢初雪方霁，江岸冷寂，香雪如幻，才能唤起清思：

　　　　旧时月色，算几番照我，梅边吹笛？唤起玉人，不管清寒与攀摘。何逊而今渐老，都忘却春风词笔。但怪得竹外疏花，香冷入瑶席。

　　　　江国，正寂寂，叹寄与路遥，夜雪初积。翠尊易泣，红萼无言耿相忆。长记曾携手处，千树压、西湖寒碧。又片片、吹尽也，几时见得？

　　也有一个夜晚，乘着月色，走进孤峰树影里："疏影横斜水清浅，暗香浮动月黄昏。"林和靖君你守候了一生的暗香，借我一点，在这浮浅的人世上，无边的幽暗里，以一点暗香、一点灯火，潜入那个世界。

"定定住天涯，依依向物华。"李商隐的才，李商隐的魂，不住人间的清冷，偏要生在百般缠绕的人世间，寒梅并非人间花，远远望去，只有一抹清冷影子，疏离人间。李商隐的梅，才是梅花的魂，每次看到，心生一声叹，我的灵魂能栖居处，唯有握不住的山上松声，掬不起的花香，留不住的一地月色。

生活里我也赏过几次梅，但兴趣不大，无非几树野梅，在荒郊野外，开着瑟缩的满树白花，香气热烈浓郁，却不是暗香浮动。

野外放旷，招蜂引蝶，和村外野桃区别不大。花谢时，一树残黄。古人爱梅，百般呵护，才有好梅花，如今何处寻去？也曾去看过梅花山，一座山的白梅浑如雪，漫山遍野的白色小花，花瓣白到苍白，风一吹，回风流雪一般，依多取胜，有几分意思。却也只是寻常山间景致。

唯有一次，意外在高山上，遇见几树白梅，姿态疏落，长于山石间，片叶不见，经年累月，梅枝如虬。高山之上，不沾尘土，花有数十朵，三五枝，晶莹有光，好像蘸了厚厚的颜料，按在蓝色的天宇上，重重画出，勾勒饱满，花蕊金黄。梅树下不远处有一绿意盎然的小山谷，山谷中有一眼泉，风一吹，泉声琅琅如碎玉，意外借了山之势，变得有梅之姿态。我看完后，回去写了一篇游记，被一位好友誉为有柳子厚之韵之味，也是借了梅花的光吧。

冬日漫漫，山中梅花无痕影，也只能于琴，于箫，于瑟，

　　　　　　　　　　　　多 情 故 我

于笛中去觅。

梅花曲中，最有名为《梅花三弄》，又名《梅花引》《梅花曲》《玉妃引》，根据《太音补遗》和《蕉庵琴谱》谱就。初时是笛曲，属清商曲里的相和调，曲调把其中一部分变调重复三次，作"下声弄、高弄、游弄"，故称作"梅花三弄"。至于起源是不是咏梅花，并不能确定。

它第一次出场在《世说新语·任诞第二十三》：

> 王子猷出都，尚在渚下。旧闻桓子野善吹笛，而不相识。遇桓于岸上过，王在船中，客有识之者云："是桓子野。"王便令人与相闻，云："闻君善吹笛，试为我一奏。"桓时已贵显，素闻王名，即便回下车，踞胡床，为作三调。弄毕，便上车去。客主不交一言。

一边是王羲之的儿子王徽之，官职是骑曹参军（他却弄不清自己是骑曹还是马曹），一边是桓伊，淝水之战和谢安一起大败前秦军的大将军。王徽之在船上坐，桓伊从岸上过。王徽之知道桓伊很会吹笛子，让人请他吹一首。桓伊当时已是有地位的显贵人物，久仰王徽之大名，真的从马车上下来，在胡床上为他吹了一曲《梅花三弄》，吹完离去，从头到尾，两个人未交谈一句话。

人和人之间，相知若此，真是我所期待的境界：我是王徽之，你是大官，你手握重权，我只慕你指间清音，虽未谋面，求曲亦非贸然；我是桓伊，你是王徽之，虽未谋面，久知你名，你当路求曲，是我知己，我必为君倾。为了酬当世知己，桓伊吹了《梅花三弄》，一曲《梅花三弄》，清绝人间，唯有王徽之你当得。两人之间，脉脉不得语，知己相契，何须多言，又何须落座叨叨家长里短。《梅花三弄》一曲正是后来的大将军为文人王徽之所吹，赞其高洁。

正因为梅花为最清，《梅花三弄》雅致至极，故此后又被改作琴曲——琴又是最清的乐器，用琴弹梅花曲，曲里有凌霜韵，"审音者听之，其恍然身游水部之东阁，处士之孤山也哉"。从此《梅花三弄》更加专属文人了。

有另一首也这般雅致的《梅花落》（又名《落梅花》），也是笛曲，属于乐府里的横吹曲调。《落梅花》被诗人提及得更多，李白有诗：

黄鹤楼中吹玉笛，江城五月落梅花。

笛声一起，烟云之上，城郭无数，簌簌落满了梅花，何其清绝！

梅诗浩如烟海，梅也是中国画家的传统题材，哪位画家没有画过梅花？很少。但是真正说画梅画得好，一时间难以想出来几位。王冕画白梅是一绝。他的一首诗写出了自己画中梅的美，清绝素淡："不要人夸好颜色，只留清气满乾坤。"他对梅花神韵捕捉到位，成为画梅名家。王冕画梅花，只爱画繁花，清代朱方蔼曾说："宋人画梅，大都疏枝浅蕊。至元煮石山农（王冕）始易以繁花，千丛万簇，倍觉风神绰约，珠胎隐现，为此花别开生面。"王冕多画白梅，骨干遒劲，宛如铁钩，花朵洁白素净，挤挤簇簇，成千上万一起，更显得清气袭人，深得梅花清韵。

历代画白梅的画家也极多，可谓是画梅一大主流。还有蜡梅，宋徽宗所画《蜡梅山禽图》是画史上精美的一页。图中一株蜡梅绽放，设色淡雅，枝上栖息着一对白头翁，其间蜜蜂飞绕，下有山矾二株。蜡梅将落，山矾初开，正是冬去春来之际，气候潮冷，但蜡梅明艳，鸣禽自得，人间一派悠然。

宋《蜡梅山禽图》局部题诗："山禽矜逸态，梅粉弄轻柔。已有丹青约，千秋指白头。"这白头之约，也许是宋徽宗和挚爱丹青，也许是和他心目中的盛世太平，赏画者不得而知。

画红梅画得好的画家不多，张大千是一位，唯有先生，方能以炽热之生命力及高迈之情怀驾驭这热烈浓艳。张大千也是爱梅的人，他晚年在台北市郊外双溪建筑了家宅"摩耶精舍"，在庭院中央，特用奇石布置了一方"梅丘"。所谓"梅丘"，是一块巨型石碑。因碑上题有大千先生手迹"梅丘"二字，故而得名。梅丘周围，遍植梅树。每逢初春梅开季节，大千先生便邀请亲朋好友前来共赏，与大家一起吟诗挥毫，聊以自慰。张大千何以取名"梅丘"，而不叫"梅园""梅林"？缘此"梅丘"实乃寓"梅碑""梅冢"之意，希望自己"千古"之后，仿效孤山林和靖、超山吴昌硕，将遗骨埋在"梅丘"。爱梅若此，无怪乎他每次画梅，总是花逞艳色，骨挟清风，如此艳丽又如此清标烈骨，若是美人，当是红拂女一类——也正是张大千先生欣赏的美人，他也画过红拂女。

林和靖梅妻鹤子，张大千自筑梅丘，均以生命托梅花，期与清魂相伴。梅花在历史上也有过一场风流雅事，却是在日本。

　　梅花是在奈良时代之初，从中国的四川传入日本的。日本天平二年（730年）初春，太宰府长官大伴旅人邀请31人，召开了梅花之宴，每人作一首赞美梅花的和歌，就成了《万叶集》第五卷的梅花之歌32首。《万叶集》中收录的有关梅花的和歌有百余首之多。比如这首：

　　　　梅の花夢に語らくみやびたるく
　　　　花と吾思ふ酒に浮かべこそ

　　大约意思是：梅花梦中寄语给我，说它自觉高雅脱俗、风流蕴藉，请我把它放在梅花盏上，一口饮下。

　　梅花赏其色，赏其清韵，风流更在梅花妆、梅花香。

　　《太平御览·时序部》引《杂五行书》："宋武帝女寿阳公主，人日卧于含章殿檐下，梅花落公主额上，成五出花，拂之不去……今梅花妆是也。"

　　寥寥数语，可见寿阳公主天生丽质，清标韵绝，天真烂漫，白日在含章殿下午休，梅花落到额头上，她睡醒了，额头上的梅花和她宛如天然而成，令人惊叹而顿起效仿之心。从此世上有了梅花妆。美的产生，有赖天时地利人和，美遇见美，是奇迹。

　　寿阳公主历史上并无记载，却被称为正月梅花花神，相传她配制的"梅花香""雪中春信""春消息"被历代制香家誉为

"梅香三绝"。此香为南朝时期配方,而到了北宋时期成为当时
御用的宫廷琴香。甚至传到了日本宫廷,《源氏物语》里写道:

　　　　紫夫人则在正屋与东厢之间的别室深处设一座位,在那
　　里依照八条式部卿亲王的秘方调制香剂。⋯⋯紫姬所制的三
　　种香剂之中,"梅花"的气味爽朗而新鲜,配方分量稍强,
　　故有一种珍奇的香气。

　　紫夫人这般绝代佳人,和"梅花香"正是相得益彰。

桂　花

想来此时，桂林的桂花也该开了。

在桂林三年，居于一片青绿山水间。经常有朋友问，什么季节去玩好呢？我总说春季或秋季。再问，哪个更好呢？不假思索地答：秋季。春季桂林的美，在于江水初醒，青莹剔透鸭头绿，两岸油菜花、桃李花盛放，大地繁锦，更有隔壁的恭城县十几万亩桃花，红绡如云，灼灼耀眼。而秋季的桂林，最美在桂，犹如唐代的牡丹，不开则已，一开醉倒桂城，无边桂花芬芳如陈酿，令人流连。当是时，直让你诧异：这一丛丛深绿，累叶千枝的大树小树，怎的突地芬芳成这样？这一簇簇洁白、米黄的小花，怎么妩媚清丽成这样？如不是有眼亲睹，这种神奇的变化有些不可思议，恍然如梦、云中漫步的感觉，是无法以语言传递的。

所以每到夏末，就开始了期待，似乎骄阳也不那么炽热了。我在广西师大就读的那个校区，比不得老校区原本是明代王府，那种古香古色和典雅美丽，让人流连忘返。新校区大抵是一些平庸的现代建筑，每天来来回回走过，基本记不住每座建筑的样子。校道笔直而狭窄，丛道纷繁而细长。

某一天，走着走着，突然空气中有了幽微的芬芳，可你一

　　　　　　　　　　　　多　情　故　我

直未觉察，但不知为何，只觉今天的天特别剔透而蓝，眼前的房子亲切而湿润。当第一缕风掠过发丝，留下旖旎的气息，你终于恍然大悟：桂花开了！

正想把这个消息告诉所有的人，迎面走来的是导师，笑得像秋阳一般暖煦："桂花开了，以后要经常出来散步，不要辜负了……"是！

似乎所有的人，一瞬间都知道了，桂花开了。

桂花是一夜之间盛放起来的。第一个晚上，你正在苦苦寻觅月下的第一枝桂花，在深绿墨绿深处钩寻细碎的，犹如在幽深广袤的湖面上打捞跌碎的阳光。第二个晚上，还没走近，就已置身于花的深处，细细密密，星星点点，一枝已然醉人，缀满绿色高树。大校道，小路旁，操场上，门前，屋后，加起来该有几千乃至上万棵桂树了吧。不是矮而单薄的桂树，是高大的茂密的深碧的桂树，月宫里种的也该是这种吧。全开了，全怒放了，全是洁白馥郁的花，这个平日里面貌平庸的校园，深深地陷进无边的香氛里，泛着柔和光泽，所到之处每个角落都芬芳宜人。不止如此，走出校园，整个桂林市，公路边，酒店餐馆前，公交车站边，小山下，大桥边，有草木的地方即植桂树，市民游客一起醉了，这个城市瞬间醉了，不愿醒来。

再加上月色。

我平生见过的明月，以两处最为皎洁：一是海上升起来的明月，那确实是值得《春江花月夜》这种宏伟诗篇一歌再歌的，真是"年年望相似"的阔大明亮皎洁；其二便是桂花香里的明月了，更确切地说，是月色。月亮的皎洁与美丽今古诗人已经说尽了，而当它散发出迷人的香气，其魅力该当如何？

桂花飘香的季节里，深夜时分，学校草坪上总坐满了人。细语，或静默无声。桂树下有人翘首，沉思——或许是沉醉。夜更深，有人在不停地游荡。美好的晚上，千金一刻的晚上，是需要秉烛游的——何况，一起沉醉的，还有明月。

别的花开，晚上观赏，总想把酒或者携朋，再美的花，多看几眼，渐渐也成背景，唯独桂花总是让我迷惑。我努力地寻找，努力地凝视，想看清楚它的面容，想知道，它到底积攒了多少芳香的心事，甜蜜的话语。

迎面走来的是某老师，有名的扑克脸，怪脾气难伺候——躲躲吧，莫要破坏了心情。然而他拉着妻子的手，脚下竟翩然起来。月色里的桂花香，犹如美酒一样浓郁，任是无情也动人，何况你我。万物皆有情。

桂花盛放的季节，一个学校人的集体行动，就是月下散步。对美的追寻与膜拜，不在于刻意的姿势，如此发自内心的感动和深情，犹如桂花的香气，芬芳淡远，默默无言。只有明白它淡泊的美丽，才能真正触及生命的底色，握住心底的自性。

"何须浅碧轻红色，自是花中第一流。"李清照挥笔为它写照。据说她是桂花的知音，然而她到底也把桂花看得与人一般了，桂花大概是不会与众花去争这个"一流"的。芬芳是它的自然气味，开放是它的涅槃，遭遇月色，是它的圆满。它的情怀，不过是简单、淡定，朴素到极点，又默默无声。我想，世间的事物，大概只有爱情，也是这种气味和方式。真正爱过的人都知道，爱情总是朴素而甜蜜，与虚张声势无关。

　　　　　　　　多 情 故 我

越是默默，越是芬芳悠远，越是浓郁长久。越真挚就越简单，开着简单的花，全身心地为你。一年的无语守候，只为刹那花开，又有谁，能抵挡这种耀眼的美丽？又有谁，能淡漠于刹那芳华？

至少我绝不能。

刚进学校不久的时候，学校的一位老师就警告我们："你们以后一定会非常想念桂林，想念这里的——每个人都这样，这是一种病。"我们看着周围的贫乏校园，哄笑。

是的，桂花开起来时，我们就醒悟了。还没离开，我就深深想念。每个桂花季节过后，去收集桂花瓣，心惊胆战地想到将来分离的日子可能有的难耐的相思。到校门口的大摊小摊上寻找最怒放时摘取的金桂，据说它们凝固封存了全部香气。轻轻几朵放进大玻璃杯的白开水里，香气四溢。

毕业前有次回家久了，导师想召唤我回去，发了邮件来："校园里的第一丛桂花开了，夜里走在路上都闻得到香气，不知道你什么时候回来？"

看了邮件后，我马上收拾了行李，买飞机票飞回去。不久同门也都回来了，大家都收到了类似的邮件。

同样的事情，千余年之前也有人做过，书曰："暮春三月，江南草长，杂花生树，群莺乱飞……"

幽谷百合

即使到了现在，那一谷的百合也恍如一个遥远的梦境。我亦不知道是真，是幻。世事如流云，和我一起去山谷里探幽的那些熟人、朋友也都隔别许久，偶尔碰见一两个，聊天时闲闲地问起，大多是脸上一片茫然：哦，是那个溪啊！接下来是惊讶了："那里有百合吗？"我便不再问了。那一个深深深谷里的幽幽百合，专属于我一个人，或许只住在我云端之上的梦境里。

说起来已是多年以前。我刚上初中的时候，很偶然的机会——美的造访总是无声无息又水到渠成的偶然——有一群人要去一座山里游览、野炊，就带上了小小的我。那个地方，听起来很陌生，叫赤尾溪，名字也不大引人向往，据说是没开发过的山。我就跟在一群人的背后，懵懵地前行了。

山是很遥远的。先开了很长很长时间的摩托车，开过那些错错落落的山村，越过一座又一座的小石桥，前面青翠的青山越来越凝重，一路唱着相随的小溪止住了脚步，前面的路也到了尽头，矗立在前面的是陡峭的山岭。就这样，行过几十里的山路，我们发现前面已经没有路，而我们的目标赤尾溪还在远处。但是大家发呆相觑的时间并没有很久，又是水到渠成地，一辆拖拉机出现了，一辆能爬上附近所有陡峭山岭用来载山石

　　　　　　　　　　　多 情 故 我

的拖拉机出现了，我们于是搭上了拖拉机，继续前进。站在来回晃动的拖拉机后斗上，前后都是欢声笑语和紧紧地握着铁栏的人，山风过，我暗暗地想：哇！这可真是新鲜的经验。

终于到了山下。站在流翠的山草中，远远望去，一条细如绳索的小径逶迤通向山顶，在接近山顶的地方，有座小茅屋，屋旁有棵绿树，几朵白云飘来荡去。"白云深处有人家"，这是我第一次亲眼看到这句诗的实景，我想，那是仙人居住的地方吗？

快爬到仙人居住的地方的时候，从旁边的山岭拐下去，才是此行的真正目的，赤尾溪的山谷。这样高的山，却隐藏着一个秀丽的山谷，只有前来采集兰草的人发现，后来才引来了我们。山谷很幽深，也很平缓，谷底流淌着清澈的山涧，在巨大的山石和茂密的山草之间沉淀，因而也有了幽静的意味；但在地势稍微开朗的地方，它又欢快而明亮地在阳光下袒露。奇怪的是，这样一个人迹罕至的地方，却没有埋没在疯长的山草里，而是山谷青翠，芳草鲜美，泉水清冽，山石干净，传说中误入的桃花源大概也便是如此吧。

一群人都在谷底找到了自己的惬意之所：有的斜靠在一块山石上，怡然的表情犹如古代垂钓的严子陵；有的把脚浸入犹如碧玉的潭中；有的躺在草地上，手里斜拈着一朵紫色的野花；有的在生火，两块小石头的接头处便是天然的炉灶。很快，水也热了，茶也香了，饺子也翻滚了，鱼也钓上来了。

我钓了一条鱼，放下鱼竿后顺着山谷的清流往上走。因为这个山谷实在幽静秀美，使我一个人不但不害怕，反而在无声的绿意中迷失，等到我觉察的时候，已经不知道走了多久，远到已看不到大朋友们的炊烟，而我的跟前则是一个山的大转角。我稍稍犹豫了一下，继续往前，拐过山角，人瞬间凝固。

我就站在一个很高的瀑布的顶端，再往前一步，就会跌下万丈深渊。我的脚下是无数的碎玉琼珠，汇成声势浩大的激流，在深绿的山壁上飞泻而下，形成瀑布。它飞流而下，气势磅礴又幽深绵远，穿过翠绿的草和深褐的山石，跌落弥漫着云气水气的深谷。

我的对面，是水气后隐隐的无数青山。由于集合了清澈和幽深的山泉水，这个瀑布甚至不是白色的，而是透明的。阳光照在上面，有彩虹的光彩，有水雾，似梦似幻。在似梦似幻的水气的下面，瀑布的落处，是真实的满满一谷的金色野百合。开始是一朵点缀在瀑布的中间，几朵在瀑布边的岩石上开放，无数朵铺放在谷底，闪闪发亮，淡淡的光、水雾，在花瓣的上空，幻化出金色的柔和光彩。有风吹过，满谷的金色百合涌动，似远似近，仿佛是我生命里最遥远的呼唤，如此美丽，如此真切，却又如此不可触摸。野百合，闪闪烁烁。

有那么一瞬间，我想跃身而下，跃入这个极美的梦境，或许我从此可以变作一株永远快乐平静的野百合吧。自由自在生长在青翠的谷底，看着清澈的瀑布飞泻流淌，身旁是许许多多和我一样美丽的野百合，每天自然而纯净地欢笑，天真而热烈地开放。

然而我没有，我只是静静地站成一块山石。看着瀑布冲流不息，看着金百合如梦如幻，看着对面的隐隐青山。这山谷的野百合，隐居在此，有多少年了，终于遇见。

　　　　　　　　　　　　　　　　　多　情　故　我

牡　丹

　　往洛阳的路上，我有些恍惚，感觉如跨在青骢马上，急驰如风，蹄声嗒嗒，敲响古城。晨烟散尽，柳色青青，恍如一个千年沉梦，渐渐醒来。终究是要见到牡丹了，落魄的隔代诗客。唐代的诗客，人人争睹牡丹，以一睹芳颜为幸，那种对美的极致追求与崇拜淋漓尽致。我所行的这条古道，千年前上面挤满了看牡丹的车啊马啊，叮当着环啊佩啊，闪耀着剑啊钗啊，醇香着酒啊脂啊，泥泞着锦啊绣啊。"京城贵游，尚牡丹三十余年矣。每春暮，车马若狂，以不耽为耻。"《唐国史补》中如此记载道。一个王朝的风流盛事，由牡丹承续展开。

　　无论高低贵贱，人人心向往之，追慕之。"唯有牡丹真国色，花开时节动京城"是一个煌煌盛世的衷心推崇，"国色朝酣酒，天香夜染衣"则是无数诗人墨客的倾心爱慕。它的艳色在这些古老诗句里熠熠生辉，香气馥郁，弥漫千古，熏得汽车上的我一阵冷一阵热。今天的国道固然没有当初的车如水马如龙，或许是因为限行，马路分外空荡，让看了一阵子北京拥挤马路的我顿觉冷清；总算发现一小段路密密麻麻停满了车，却是世界邮展的展馆门口。去的第一个牡丹园是国家牡丹园，一进去就迫不及待地寻找，却因为没有明确的路标指向，只能在四处打转，远远看到有丽色惊鸿一瞥就飞奔过去，先看到的都是含苞待放，掩映在深绿的叶子中羞涩静默，旁边不多的盛开者则靓妆如绘，笑面迎人。虽然已经目睹了丽色芳容，心下仍然意犹未尽。陪我同行的人也在四处张望，寻找牡丹的芳踪。且行且看到了沉香亭，牡丹开始多起来了，以大红、深浅紫为主，满园盛开，掩映在亭台楼阁之间，犹如宫装美人，华贵婀娜，俯仰生姿。佳丽百千，俱是民间千挑万选出来的，每一个花面，都教人目眩神迷，流连不已。此处的牡丹，似乎更似贵族少女，文雅娇媚，株干略低于人身，花朵和不久后所见之牡丹比起来属于中等个儿，最引人处是枝叶浅绿繁茂，花朵大多深浅相间，簇落散开，高低相迎，宛如絮语，情似勾颈，自有一种风流态度，使人赏玩其间，如遇洛神于水上，恍惚神飞。

我在此处流连了几个小时，以为洛阳牡丹之美便尽于此了，而我也已经无憾了。然而同行的人一再催促，说旁边似乎还有一个大园子，可以去看看，我不好拂逆主人美意，恋恋不舍地从天桥走了过去。

天桥另一边的竟是真正的纯粹牡丹园，连绵两百亩，满园的牡丹正在盛放。你可以想象我当时的心情，唯一的念头就是："一入此乡心可老，长埋香骨守芙蓉"（访洛阳牡丹的自作绝句）。牡丹之美，一朵已足以让我注目倾心，之前沉香亭百千朵，已让我魂飞神迷，面对眼前数万朵盛放的牡丹，我彻底成了牡丹的俘虏，五体投地、全心全意地沉醉膜拜，而且当下决定，一生热爱追随。我在满园的牡丹花海里犹如梦游般游弋，步履竟是飞快，每看完一亩，都觉得比前面的更美，看到后来回过头去，又觉得每亩都灼灼光艳，让我口不能言，眼神迷乱，不知该往何方，于是默祷：请赐予我百千只眼来观赏它们，赐予我百千张口来赞赏它们，赐予我百千双脚让我能够伫立在每一朵花前。

终于我走累了，停留在了白牡丹的花园里。丹凤白，株干高大，花瓣皎洁，薄如轻绡，洁胜皓雪，每一朵都宛如一轮皎洁的满月挂在枝头。满园的明月浮动，形成皎洁柔美的花海。我盘坐在牡丹树下，四下无声，似乎生命到此停住了脚步，世界也为它们的美屏住了呼吸，只有偶尔鸟儿婉转的轻啼，应和着我的呼吸和心跳。不知为何，我却觉得寂寞凄清，大概是美到一定程度的，都是寂寞的。已经日将西斜，这偌大的牡丹园，只有我和无边盛美的牡丹。它穿透千年的美丽，只有我这个孤独的小小的崇拜者。若是在唐朝，此时的它，该是何等风光，每一枝每一朵都猎杀无数的芳心，帝王、才子、美人、富商、平民无不在它面前纷纷拜倒，这才是匹配它的绝世风华的待遇。可惜今天的我们，由于出身寒微，眼前只看得见芥子大的名利场，挡住了发现爱与美的眼睛。然而牡丹不语，微笑——任何一朵牡丹在你当面相觑的时候，都是气韵宛如明珠盈盈流动，欣欣然似欲开口对人言，这点我再没有在其他的花上面发现过。然而牡丹介意吗？千百年的历史劫灰并不能减去它花瓣上的一点光环，万千崇拜只在它枝叶的挥洒之间滑过，独自寂寞犹自花香满园流光溢彩，它只是微笑，倾国倾城地微笑，全然不顾旁边的我如醉如痴，无力挣扎。笑靥妩媚的牡丹固然动人，清高寂寞的牡丹更加不可抵挡。

当天我有幸在牡丹树下坐到日落西沉，暮色满天，我还想看月下的牡丹，只是公园不许，只好离开了。第二日，我洛阳行程的最后一天，主人问我去哪，我说看牡丹。于是又去了一个大的牡丹园。此行又见识了不一样的牡丹，我想，如果我在洛阳多住几天，每个牡丹园都看完，不知能否看尽牡丹的百千美态？

这个隋唐城遗址植物园，除牡丹园，还有海棠园、蔷薇园等主题花园，不过我心无旁骛地奔牡丹而去。这里的牡丹大抵采取平地种植，偶尔随地形起伏，蔚然成海，又穿插山石、亭台、小溪、杨柳等点缀其间。这样，牡丹便以直接、待客的形式在园里路边候立了，这便是唐代舒元舆《牡丹赋》里所比拟的"乍疑孙武，来此教战。其战谓何？摇摇纤柯。玉栏风满，流霞成波。历阶重台，万朵千窠"。以孙武教导吴宫的美姬来形容此时一字排开的牡丹，十分贴切，她的美艳几近盛气凌人，有慑人之态，我不曾见过这样雍容华贵的美人，这样浓艳瑰美而又气势磅礴的阵形。后来我作了一首古体诗，大概可以约略形容观赏此处牡丹的感觉："叮叮沥沥莺声摇，绣绣堆堆锦苑迢。万枝红艳拥日娇，百里馥郁胜雨浇。爱花欲杀情近怯，浓香未亲意已洽。艳光簇叶剑出匣，意态迎人语恰恰。朱红紫碧断客肠，粉白鹅黄似千觞。离人僧客入寻芳，一饮一回尽忘乡。"只是语短情多，区区拙笔，不足以描摹万一。

此处由于时间充裕，所以得以细细赏玩花朵，也可以从容地细读每一株牡丹牌子上的芳名。被古今诗人反复吟咏的姚黄、魏紫、曹州红是传统名种，顾盼下便使人忍不住遐思神往，逸兴飞扬，在馥郁的花香里透出幽远的诗香。此外，牡丹花多爱以古代佳人的名字或事迹命名，如与杨贵妃相关的就有"酒醉杨妃""杨贵妃"等，皆是名品，还有"西施红""粉西施"，二色牡丹的上品"二乔"等，都是以历史上的绝色佳人命名，却没有人说有不恰当的感觉，名花美人，自古相宜，也只有牡丹才当得起这样的盛誉。以上所提的每一位佳人已是各自倾倒一方，牡丹却集合了从古至今诸多绝色，无怪乎花开时节，整个盛唐举国若狂了。时至当今，湮没寂寂，当天一路行来，游人虽然也有一些，但是满园春色，倾心如醉的，大概只有我一个了。

杜鹃花

　　将军山是福建老家的一座山。唐代初期派遣陈政陈元光父
子至漳州建立郡县开发闽越，在穷山恶水间建起了这片尚文之
地，遗泽千秋。后陈政将军染上瘴疠，殁后葬于此处，当地人
为表纪念，将其埋骨之山取名将军山。将军山海拔有 426 米，
在以丘陵为主的福建不算太矮。近几年来开发得当，引湖插
柳，搭楼起阁，更是将自然山水与人造楼阁、人文遗迹等结合
得相当不错，成为当地居民和邻县市居民旅游休闲的佳境。行
至湖边，烟波微茫，绿柳成荫，飞檐亭台，白墙黛瓦，素雅怡
人，湖后另有园林，小山上的桂花一年四季微香不断。再沿着
湖后的环湖路走上去，绿荫蔽地，两旁芳草连天，角落处常有
山花累累，芦花袅袅当风。再走过碑林和阁道，这里依旧是榕
翠蔽地，森耸可爱，在明艳的黄花和紫薇的簇拥下，将军山便
在眼前了。

　　山下开发得比较多，而上山基本只是一条道，通向陡峭的
山顶。每天爬这座山的人很多，尤其傍晚时分，熙熙攘攘，山
下停满了各种汽车，许多人从远处赶来，就是为了爬将军山锻
炼。这里不能不提及我可爱的家乡人。不知道是否因为居于
海边而生命力旺盛，也勇于尝试，此地随处可见这样重视生活

质量，或者说如此挥洒生命，生气勃勃的居民。吃的穿的不说了，就是锻炼身体这方面，从我上初中起，每个班、每年级都有自组的足球队，或男子篮球队、女子篮球队，等等；别处的成年人，一般都在工作和世事中消磨，可我家乡的成年人令人惊讶地还保持着足球队，仍有踢球的习惯。这么一个小县城，有各种各样的协会，如围棋协会、钓鱼协会、舞蹈协会等，书法协会、美术协会更不必说了，已经闯出了名堂，成为固定机构，组织周密，活动自由而快乐。其中规模最大的，还属登山协会。登山协会几乎是一夜间建立起来的，似乎就是当时人们觉得登将军山很有益，很快就成立了登山协会。协会成立后很快就完成了几件大事：一是成员自发捐款，修建了从山下到山上的路——鉴于工程浩大，想来捐资者捐资不菲；二是制定些小规则，比如在半山腰修建歇息小屋，置办免费饮茶水处，规定登山协会成员上山之时都自发带一桶水，送到小屋供爬山的人喝。将军山水质极好，注册了矿泉水品牌，不过水源在山下。于是，爬山的时候，气喘吁吁的我经常可以看到，裸着上身，露出犹如大卫般健美躯体的男人，张开双臂拎着两大桶水，行走在绿意弥漫的山道上，被夕阳镀染成壮美的油画。尽管长期在校读书的我有些迂腐，经常害羞到不敢看，但心里不得不承认：这样的画面，真是美啊！

　　将军山的杜鹃花逐年增多起来，一开始只是零星的几丛，到了后来便是漫山遍野了。沿着正面的山坡上去，杜鹃花大多散落在离山道较远的地方，在翡翠般的绿色山脉上，正面望去的杜鹃花是大红的，也时有粉红、玫红，远观最好看的是白色的，在斜坡的青松下，泛着晶莹的光辉，诱惑着前去寻访的人们。

顺着山路往上爬，穿过树林里的亭台寺院，听着晨钟暮鼓，看着繁茂花枝，抵达山顶得 40 分钟左右。山路两旁的杜鹃花都是远远招手，在远处铺染，看着它们爬山，心里无端有了悠远柔和的意味。但这并不是真正繁盛的将军山杜鹃，它们隐藏在山的另一面，只有攀越到陡峭的山巅，在扑人欲倒的山风里，小心翼翼拐过那些嶙峋的大山石，才能一睹其芳容。

满山遍野的花海，粉色的、白色的有如浪花，在无数的火红杜鹃花上闪烁、跳跃，而大红的杜鹃，那样繁闹而热烈，那样不顾一切铺天盖地地绽放和舒展，在山石上，在草丛里，对着蔚蓝的天空，翻腾成了燃烧的旋涡和起伏不息的大海。那真是灼灼怒放的生命，让你看第一眼就惊讶得血液凝固，希望神灵赐予神奇的力量来保存定格这瞬间的瑰美。接下来什么也做不成，手脚瘫软地醉倒在花丛中，四仰八叉躺着，透过花枝看蓝得晃眼的天，在风里看无数的花朵笑着涌上来，又笑着退下去。

事实上，将军山的满山杜鹃花我也只看过一回。那次跟一个外地的朋友说杜鹃花开了，她就搭车奔了过来。从早上到下午，我们都一直躺在花丛里，忘了时间，忘了世界，忘了她，忘了我。阳光下的杜鹃花海有别样的美态，犹如透明的花瓣闪闪发光，盈盈欲飞。回去的时候，我们肩挑手抱地扛了许多花枝——杜鹃花是不怕采折的，越折来年开得越旺。她将它们带回了她的城市，为防花枝枯萎，她买了个桶，装上水，放着花，她端着桶，坐车回去了。

后来，她跟我说："知道吗？我一上车，全车都轰动了，每个人都围过来看我的花，一路上大家都在说我的花。我去打的，那个司机阿伯陷入了沉思，他说他几十年没见这个杜鹃花了。快下车的时候，他红着脸问我能不能给他一枝，我给了两枝，他好激动。"

　　瞧，这就是我们长在山里深处的杜鹃花。每个人心灵深处都有那么一片杜鹃花吧？

桃　花

　　到天津之前，我没听过盘山这个名字，在全国地图上似乎也找不到。乍听到时，老是忍不住往盘古或盘庚之类的久远人物上联想。带我去南开大学的朋友告诉我，这个盘山最出名的历史人物是乾隆，据说他在这里来来回回 32 次，流连忘返，还写下了"早知有盘山，不必到江南"的溢美之词，以乾隆众所周知的对江南的热爱为盘山之美作了强调抬高。且不说野史可靠与否，就我到天津以后目之所及，最好看的都是民国的建筑，至于媲美江南的青山绿水，实在是连边角都没看到，心下不免将信将疑。

　　去盘山是一早坐旅游大巴，据说行程有 3 个钟头，再加上前一天晴朗无云的天突然下起了雨，道路泥泞。坐在车里的我实在忍不住懊悔，大老远去看这么一个不知名的山，有必要吗？这种念头困扰着我，直到进了盘山的山门，慢慢走了一段，还是打不起精神来。事实上，盘山也不是让人一见惊艳的尤物，普普通通的山门，长长幽静的山道，旁边的树根盘虬在山石上，由于下雨天而更加弥漫着清冽的气息，走着走着，这种清冽不知不觉地染在了身上、心上。等到我惊觉自己的变化时，心境已经静谧成一棵古树，和周围的云烟融成了一体。但即使如此，我还是挑剔的，对刚进门处那个人造瀑布，也很不愿意多看几眼，虽然它所制造的淡烟相当缥缈。就这样在流连中轻轻挑剔着，慢慢走过盘山特有的地质而形成的石质山道。我想画山水画的人应该来这里住段时间，由于地质的缘故，这里的石头分层明显，像是山水画里典型的斧劈皴画法，再加上色调接近淡褐，就如古代山水画中精心调制后的淡墨，古雅中蕴含着逸秀。山边或岩边又往往点缀、斜生着修竹、绿树，雨后的新绿将山石映衬得更为清幽。而且，盘山的烟，犹如《聊斋志异》中的那块奇石一样，是不分高低地界，在每个地方都若有若无地弥漫，当得起云窟之称的。云烟最浓郁的地方，往往是山泉谷底，有水声潺潺，如同泻玉。就这样我慢慢地滑进了盘山化物无声的秀美之中，有些恍惚。

静静向前走去，遇见了梦中的伊人。遗世而独立的山桃，其实在山下就有的，只是都掩映在秀树、屋瓦之间，略露一丝羞涩，被刚开始还心浮气躁的我一眼瞥过。接下来，她就隐身不见了。直到在水墨山水画里徜徉了一段时间后，一抬头，她就站在那里，在山路的尽头，亭亭玉立，浓淡相宜，和周围的山石、绿树淡淡地融为一体，又淡淡地溢出画面。她是山水画师最后完成的工序，她的美，是和整个画面融为一体的，又是用来点亮整个画面的。我见过许多桃花，见过几十万亩桃花的灼灼盛况，娇艳逼人，但我没见过这样的山桃，她是自然的，天生的，闲淡的，轻盈的，又是妩媚的。每次抬头见到她，会惊叹她的美丽，但不会在她枝头流连太久，因为她的娇羞和不张扬总会怯生生地隐进淡烟里。以至于回来的我努力地回忆盘山山桃，都只记得她在山路边淡淡的影子，记得她的某一种姿势，或者淡粉花瓣上晶莹的露，始终想不起她确切的模样。经常是走着走着，一回身她静静地站在身后，温馨却又淡远。她才是盘山真正的主人。在山巅，在路口，在谷边，轻轻浅笑，让我这个客人在她犹如印象派的光影魅力里迷惑。时不时会碰见，但又不知道到底有多少，也不觉得热闹拥挤。

直到坐缆车从山上下来的时候，我终于明白了盘山山桃的韵致，解读了乾隆的话，乾隆的心境。盘山的美，确实是近于江南的，绿树奇石，云烟山泉，在这里行走，确实可以感受到江南特有的沁人心脾的秀美。倘若我是乾隆，我也愿意省掉大半个中国的路程，在这里依山对水。更何况，盘山有如此美丽的山桃。在这里看见山桃，大概就如乾隆帝下江南所遇见的村姑吧，传说中能让龙头大转的美丽。那种美，纯属天然，未经教化，却不可复制，不可追摹。那是让古代粉黛或现代摩登女郎羡慕的自然美。荆钗素服，不掩国色，这种美是可遇不可求的，又是只宜远观不宜亲近的。

杨柳辰光

近来每日晴好。

睡到自然醒，起来去买东西。通往超市那条路走几趟后，大体知道路上的每户种什么花了。第一户紫玉兰，前几天犹含苞带羞倏忽开到盛放，一大朵宛如粉紫浮莲，亭亭立在枝头，又如玉掌，端着蓝天。看了许久。又行几步到了另一家，门户紧锁，一树皎洁无比的白色花却悠扬出来，缀着新绿的叶，小夜曲一样关不住，在风里，一眼看去，心神俱降服。

路的尽头立一株初发柳树，犹如好女子，不长不短纤秾合度，古人写柳的诗和话尽多，比如"绿丝绦""朝佩皆垂地，仙衣尽带风"，等等，当时在南地，并不识得，总道是夸张。到了北方的春里，才惊觉初春的柳树确实是当得起一切诗人赞美的，他们的赞美也还未能道尽。柳树乃是北方春色里的大户，再无别家能夺去其地位。

我比不得古代名诗人，也只能诺诺而赞美。私下觉得"金丝柳"一名，还是颇为恰当的，不在其形似丝，而在于每次看见这种如烟似梦的柳树垂条，在春光里短短一瞬的摇荡，心底下都要生出感慨来，当真是宝贵过金丝也……

倘若柳树大些，难免肃硬；倘若春光老些，又难免无此柔美多情。树若低处，枝条稚嫩；绿若深沉，又易成愁；只好是这般几分明亮的阳光里，浅绿淡黄轻似梦，如烟如丝，枝枝袅袅有情，令人不胜惆怅，无处追寻，立于风中，不知是喜是嗔，是沉是浮……

中国人于美的追求，历来喜爱悠游、矫天、悠长，留不尽之意于言外、画外。比如王羲之的书，吴道子的衣带，历代的好诗意境。柳条的美，大约也是如此的。美不在枝，甚至不在色，不在叶和芽，只在柳梢起处之外的风情无边，在柳色氤氲成片的晶莹世界。"风情"，当今用得有些泛滥，然而此词另看，还是美的，风亦有情。

看小说，从"三言""二拍"到近代的小说，常有虔婆或大妈笑着对那个年轻姑娘说"姑娘花朵般年纪，柳条般性子"或"柳条般年纪"……每次看到，真真觉得好，宛如刚出缸的自制香菜心一样生生脆脆，满口余香。只是我明白这好时，已经坐在这里，硬生生过了柳条般的年纪了……

关于柳的旧话与典故是太多了。从前我自己最爱挂在嘴边的是"昔我往矣，杨柳依依"，谢玄推之为《诗经》中最佳。一位历经几十年战乱流离，从生命废墟走回绝望的遗失家园路上，心中唯剩几十年前告别新婚美丽的妻子时留在心中的一片青翠柳色。对每个人，一生孜孜追求的不过是那一片单纯明朗，不管它存在于何处，或许只在心中。和孔子与弟子的"暮春者"，"浴乎沂，风乎舞雩，咏而归"不期契合。

除了《章台柳》等，写折柳相送的诗词甚多，想必如我般一想便记得起此阕的人尽多："柳阴直，烟里丝丝弄碧。隋堤上，曾见几番。拂水飘绵送行色。登临望故国，谁识京华倦客？长亭路，年去岁来，应折柔条过千尺。"光阴似箭，人事尔尔，华发易生，柔条应无恙，年年笑春风笑我痴……

胡思良久，继续前行。行到超市，买了各种细物，还拿了一盒羊肉片，道是小肥羊家的要贵多少。恍惚想起初看《曾国藩家书》时，诧异其满书的"筹钱"字样。可见无论美人英雄，银两从来是得打交道的，不打交道的大概便是巨贪而不自知罢了。如和珅类大约不愿提钱罢？

中午油煎油炒，做了一盆葱爆羊肉炒面。橄榄油照例放了半瓶，好不心疼。吃完后，有些倦意上来，便睡了。一觉到下午。

晚饭很迟才吃。惦记着下午剩的半盒羊肉片，出去买白萝卜。出去时顿觉眼前一片漆黑。屋里待久了。望天上一眉月牙细如卧蚕，四面有些阴森幽冷起来。然而买回萝卜，路上却开始觉得开心。可见寂寞这种东西是不能轻易去尝试的，一尝试容易上瘾。

一下子就很喜欢在这种长长的孤寂的园林边道路上行走。听着自己的鞋子在水泥道上清晰的敲击声，天上疏星淡月，狗在远远的地方叫着，远近高低树影列列，突然横出来一片灯光。这种时候，浮上心头的人都是有关情爱。独行可以把很多复杂的事拆洗干净。但有些情感这么复杂，我走完了长长的路，还没想清楚。

在有些疲倦的时候看见了路边一堆白色的花瓣。是一棵高大的杏花树落下的。松了一口气去看花。灯下看花，确实特别有韵味。

第三辑：行旅山川

我历来不爱凑热闹，虽然喜欢松鼠，也不想上前。突然奇迹出现了，几只松鼠从青绿的树丛中跳出来，跑到我身边，围着我的脚打转——哇，我的心一下子狂跳起来，也不敢乱动，任由它们在我的脚边兜圈子，看着它们圆溜溜湿润的黑眼睛，心情好得无以复加。又拿出一块点心给它们，它们也没吃，陪着我在大石头上看山。一会儿，围过来看松鼠的游客渐多，它们还是迅速蹦跳入了松树丛里，消失在山石后面。所以陪我游黄山的第一批朋友，便是松鼠啦。

北戴河游记

　　有一年北京太热，我在北京一个字也写不出来，跑到北戴河，在海边一个别墅区租了一个套间。套间里有一张满是玫瑰花纹的雕花大白床，一张白色茶几，一个烤箱。倒也简洁，装饰风格倒像是给度蜜月的新人住的。阳台很大。

　　别墅区在北戴河边，走到海滩只有 5 分钟路程。每天晚上去海边散步，看月亮升起在海面上，吹海风。坐在沙滩上。穿着长裙短裙，把鞋子脱了，踩在沙子上，沙沙沙地响，挠着脚底。有时候坐到深夜，露水滴下。

　　夜深时，月亮会更大光华更满。浮在海上，一时间不知我是月，月是我，无悲无喜，天地间只有潮声。我和海、月亮在一个时空里流转。

　　一早起来骑车去湿地，沿着海边去看海鸟。海岸线有好几种颜色，一层绯色一层沙白一层淡蓝。往前骑车，心里充满宁静。有时候一只白色的鸟慢慢飞起，飞得那么低，几乎是在跳跃。我在路上慢骑，一段短路要半天，它也在海边缓缓跳跃。

　　每天睡到自然醒，醒了去看海，看鸟，看完去小市场买海鲜烤着吃。在小街上溜达买樱桃吃，看贝壳灯、砗磲和好玩的一切小玩意儿。有时候去山海关，或观沧海。像海风一样任意飘荡，一星期还写了一万多字。

秦皇岛的樱桃是一种山樱桃，小拇指大小，红里带青。装在青花瓷盘子里，有时候烤牡蛎或扇贝我也放一些，樱桃味的牡蛎我想很少人吃过。

秦皇岛还有一种酒，叫秦王梦，三个字就是一篇几千字的民间传说。我每顿喝一壶，就着樱桃、牡蛎。小街上一溜海鲜饭馆，我看过，海鲜既不多，又死气沉沉，一顿下来少不得几百，架不住天天吃。我和当地人闲聊时，打听了一下，后面有一个小批发市场。于是每天买很多海鲜回来自己烤：小龙虾一斤，牡蛎五斤，扇贝两斤，西红柿一个，鳕鱼一条，秋刀鱼五条。烤了海鲜坐在阳台上喝酒吹风，阳台对面有几棵绿得晃眼的树，海在围墙之外。有时候有人在树那边吹笛，阳台前的叶便绿得更是哗然。天色是一种淡到无言的蓝。只觉得时间流逝，天空越来越熟悉，晚霞越红越低，弥漫在周围。心像生出几根细丝一样的弦，被悠扬地拂出去。有一种恋爱的心情。

此时心情温柔如此，海风吹过手臂都觉得是抚摸。在阳台上看海色和天色渐渐融合一体，不可分开时，才收了桌子和酒杯，换上裙子，去海边散步。

我就带了几件简单的衣物过去：一条蓝色深浅拼的连衣裙；一件长衬衣，宽松版的；还有一条长裙。白天去沙滩就只穿着蓝色连衣裙，戴着在街边小店买的大檐草帽，需要骑车时就再穿着长衬衫；夜色袭来，心情旖旎得不能自已，一定要长裙曳地，披散着长发，漫步在沙滩上。海风、月色，一晚比一晚更醉人，爱情也是如此。

　　　　　　　　　　　　　多情故我

有一天我在网上查了下，找到秦皇岛最高档的自助餐厅，叫国王自助餐厅，菜单上写着有波士顿龙虾，我就打车过去了。

布置得颇不恶，欧式复古风，坐下来吃了一顿大餐，走路回家。穿过一个花鸟市场，地上一排蓝花大绣球，是无尽夏，路旁挂着画眉、八哥、百灵鸟、鹦鹉、黄鹂鸟，洁白贝壳铺满地上，我在其中闲走。走出市场，街头巷尾全是卖珍珠的，装在篮子里、箩筐里、桶里，满满的珍珠，闪着光泽。上前把玩，忍不住想起唐明皇赠梅妃的一斛珠，梅妃还以《一斛珠》："长门自是无梳洗，何必明珠慰寂寥。"一斛，比一斗大，从前惊叹帝王豪阔，见到成桶的珍珠后，也是释然了。

北戴河的太阳大。街道上开着硕大的花朵，等车时我站旁边，森林一样的花树，让我疑心自己在热带。有时迷路走到岔道，林木深翠，不知归路，乱走也是一种乐趣，脚下尽是不知名毛茸茸的小蓝花、小白花、小黄花。有一天我早早戴了大檐帽，查好路线，坐车去山海关。一路上，车都沿着海岸线行驶，一边是苍绿山脉，一边是随着公路曲折的海岸线和更远处的海天一色。

在车上，有一些浮想联翩，山海关，"天下第一关"，能想起来的却是吴三桂"冲冠一怒为红颜"。都怪吴梅村《圆圆曲》写得太好："恸哭六军俱缟素，冲冠一怒为红颜……妻子岂应关大计，英雄无奈是多情。"这座天下第一雄关，屹立不倒的国中要隘，原本只涉金戈铁马，忽然在历史上开成粉色桃花林，和爱情关联起来。

先在老龙头停了下来，"天下第一关"的起点。门口排队游客极多，我看了下介绍，地方不大，遗址全部是兵营和水牢。想着一天宝贵，不想看着黑熏熏水牢刑具展览胆战心惊。在城外走了一圈，远眺大海，又坐车去了山海关主楼。

黄山行

　　一年特别热的时候，我动身去了黄山。

　　黄山，从小就熟知的地方，却很迟才去。大约是因为距离比较近，有一种自家糟糠感，暂时没去是因为笃定，知道一定会去，只是要寻找合适时机。好像一个向往已久的爱人，每年都会遐想一番：春天就翻出图片看看，想，现在去，满山杜鹃花，黄山杜鹃亦是天下闻名；秋日里，偶尔也想，现在去，满山红叶醉人，该何等迷人；冬天，看过有人带回来的雪景图，总觉得最幸福瞬间之一，是大雪满山，冰凌挂满枝头，住在黄山之巅的小木屋里，灯光温暖得要融化，在与世隔绝的地方和朋友或爱人围着炉子喝酒、说话。凡此种种想象很多，觉得这些时候都是赏玩黄山的好时光，可真正去时，却是没有想象空间的夏季，热得不耐烦的我，买了张票，背着双肩包，在动车上看完福建江西安徽的吐穗田野，蜿蜒河流，到了黄山脚下一个叫云海楼的客栈。过程太简单，以至于今天想了很久才想起来一些蛛丝马迹。

　　云海楼是黄山脚下一家赫赫有名的客栈。之前我和类似"油豆腐"这样客栈的老板聊过，对他们家网站上的帐篷床和木质、有味道的客房兴致勃勃，也向往那首 *In My Secret Life*

磁性性感歌声里的神秘氛围，可最后还是在老少咸宜的大众云海楼下榻了。云海楼的老板因服务周到、善于经营而知名。放下行李，已经中午，老板细微又例行公事地问我：上山吗？今日上山周末房价较高，明日上可以省点。我想人都在黄山脚下了，看到一条街的"黄山××"招牌就激动，还等什么？于是赶紧迫不及待地奔向黄山怀抱。

到黄山脚下，我还是有点小激动的，坐了一段缆车，开始爬山。每走一小段，就赞叹一番，刚开始就觉得大饱眼福，后来到了真正奇绝秀丽的西海大峡谷，就无话可叹了。"五岳归来不看山，黄山归来不看岳"，从前总觉得是在吹牛，今天才知是负责任的说法。黄山是集五岳特点于一身的，山峰险峻，奇石怪松，但植被茂密，林木幽美，山谷俊秀，云海茫茫，当真"造化钟神秀"，才能有此山。

刚开始的山路不甚险峻，但比起泰山有名的鬼见愁，还是稍微难爬些。这段路上有几座山峰，秀丽中有雄姿，而这和令我倾倒的莲花峰西海大峡谷比起来，只是小巫见大巫，又据说类似大峡谷的黄山还有几个，未开发的更加美丽深邃，听了真是心向往之。其实历来美景如美人，其美难以捉摸尽述，只能亲身经历感受，因此我极少费笔墨在上头，只能约略述之。一段旅行，除了把景色印在心间，让山色云色清气清洗心肺，值得一提的，还有途中所遇。

可以说黄山从入山门起，便不空虚，所有的期待都不会被辜负，真心值得热爱。这段路，一个人慢慢走，开始看见各种青翠黄山松，每拐过一个山路口，都有巨石延伸，巨石上又偏生长开放着明艳小花，一丛丛绽放，下面是深不可测的悬崖或山谷，我偏爱这样的风情，觉得美到极点。巨石旁边侧生如盖松树，爬到巨石探头下去，就是深谷蔚然，对面是山峰窈窕。我走累了在明净的大石上坐着吃东西，看着脚下的云飘来荡去，颇感寂寥。突然听到游客哗然，循声看去，几只大尾巴的松鼠，悄悄跑出来，在大石头上转，游客太热情，它们闪入松树盖里，眼见要消失了。我历来不爱凑热闹，虽然喜欢松鼠，也不想上前。突然奇迹出现了，几只松鼠从青绿的树丛中跳出来，跑到我身边，围着我的脚打转——哇，我的心一下子狂跳起来，也不敢乱动，任由它们在我的脚边兜圈子，看着它们圆溜溜湿润的黑眼睛，心情好得无以复加。又拿出一块点心给它们，它们也没吃，陪着我在大石头上看山。一会儿，围过来看松鼠的游客渐多，它们还是迅速蹦跳入了松树丛里，消失在山石后面。所以陪我游黄山的第一批朋友，便是松鼠啦。那天爬山途中，还时时遇见它们。同样际遇，在走过一片林木丛时，听到里面窸窣作响，好奇地弯腰去看，看见一群山鸡，在丛林里张开翅膀，一身五彩翎羽，在草叶间闪耀光彩，让我瞬间想起小时候看的连环画，以为突然间会有神人出现。黄山这样的地方，总容易让我觉得世上还是有神仙的，他们就住在这山间，餐风饮露，御风而行，我等愚笨的游人再多蜂拥而至，也惊扰不了他们，不，惊扰不到整座黄山的明净邈远。在黄山几天，我始终恍惚游离，觉得神仙就在不远处，努力地想，好像黄山是和轩辕帝有关的，这个传说中的人文初祖，为自己保留了一块凡人无法侵扰的净土，立于凡世始终不染凡尘。

一路行来，黄山会让你对一些从小就熟稔的中文词语有了特别真切的感受，比如"秀丽"，比如"奇崛"，比如"云海"，比如"造化"……至少我是这样的，早就认得、熟记这些词，但只有见了黄山，才真正懂得它们的含义。

走完这段路，我到了山顶，即光明顶不远处，是一个巨大的山顶平台，下榻的白云宾馆坐落在山凹处的平地上，旁边遍植花木，形成一个花的小深潭，宾馆和饭菜贵得吓人的食堂陷落在里面。宾馆背后是一排高大的树，在如此高的山巅，还有古木参天成林，着实令人惊奇，再加上林木间云雾缭绕，所以在黄山上时，我大部分时间似醒非醒。进了房间，被吓醒了，看到眼前几个金发褐发的高挑女孩子，一问有西班牙人、乌克兰人、意大利人，因为山顶宾馆我是委托云海楼老板去订的，没想到是四人间（貌似山顶宾馆基本如此），而竟只有我一个中国人。但是房间干净干燥，倒是颇为舒适。用简单英语寒暄后，我就出去游荡，丝毫没想到我已经拉开了黄山地球村的旅程。

接下来一天我都在黄山上游荡。因为是夏季，最美的便是云海，山下炎暑，山上凉沁，那种凉意和眼前满眼翠色直让我觉得自己冰肌玉骨，清凉无汗，全身毛孔无一不熨帖。随便立一处，眼前便是满目清凉翠绿，一转眼，云海就涌来淹没。于是我逍遥成一朵白云，也无目标，先循着路牌去了西海大峡谷。

那么漫长又壮美的峡谷，走一步叹一声，到后来，都见惯了，倒老老实实走起路来。一路上走着，或许神情太悠然，有许多人擦肩而过时和我打招呼，我也自在寒暄，闲扯几句前面有什么、下午去哪，神情态度好似共居了几十年的老邻居，在一起说天气不错晚饭吃什么，说完挥手告别，又好像我们很快会在下个路口相遇，一起继续做几十年的好朋友。黄山这样的地方，唤醒了人很多东西，又把人的许多伪饰都去掉，竟是我所见人性最为自然的地方，不论年龄国籍。在一条狭小向下的阶梯路上，旁边生满了绿树，前面是石桥和山峰，我看得出神，立住不动，几个青年男人问我和谁一起，我顺口说自己一个人。他们非常诧异，激动地说我是女侠，几乎要在我面前作揖。这样的称谓让我觉得有些泄气，一个人游黄山也是不得已，因为不想和没意思的旅伴同行而已，却没意识到这样的行为已经帅到没朋友。一路上收了好些这样的尊敬眼光，也有了不少的自发照料。又想起，别人爬黄山小心翼翼叫苦连天，一路缆车，我却不但自己爬，还爬完了西海大峡谷，于是开始扬扬得意起来，以女侠自居，走在山路上颇有束发云履、仗剑云游的潇洒。路上遇见了一群带帐篷的男女，背包山高，眼见是自己带帐篷上山的背包客，我一直很羡慕这样的旅行，却不敢轻易尝试，背负这样的重量爬到黄山上，未游已经耗尽我功力。看着他们背着帐篷和酒，有个甚至手里捧着一个西瓜，在黄山上，这太宝贵了，可以想象他们会有个多么难忘的夜晚。出于艳羡和尊敬别人做了我做不到的事，倒也无其他目的，我和他们同行了一段，一个男孩子，似乎是他们的头儿，手里抱着西瓜，背着最大的包，不耐烦地问我："你怎么一个人来？不怕吗？"他问话的表情倨傲，很漫不经心，几乎是多年来我遇见的男人态度最不好的了。前面路上对这种问题我一般笑而不答，因为同行不好如此，就唱了句："I am a big big girl / in a big big world." 其实我也未必是个 Big girl，只是临时充数的回答，没想到这位大神听完之后，眼神都变了，开始变成一只黏着我的小猎犬，一路上不离我左右，让我感叹前何倨后何恭也，忍不住自嘲又多了一项吸引人的本钱。在他爱上我之前，我就和他们挥手告别，打算去一个山巅，他们挽留我，请我一起住帐篷，这个男孩子还献上他从山脚下抱到山顶的西瓜——这样珍贵的礼物简直要让我热泪盈眶，虽然诱惑很大，不过我还是挥手作别去了另一个山巅。天色已晚，原计划下山的我留恋山顶景色，又住了一晚，这次不去住宾馆，在室外帐篷区租了个帐篷，实现了长久以来躺在山顶看星星睡觉的愿望。枕着星光，一夜无梦。

第二日我走完打算下山，沿着莲花峰。莲花峰和鳌鱼背是两座孤峰，李白在此写下的，历代诗人所写的，都不过分，言难尽意，山峰之奇之美，足令我久久徘徊，只想停驻于此。但是石径狭小，只能容一人爬过，稍一停滞，就会连累后面的人陷于危险，于是风景最好处也只能边爬边看，足下不停。不能停留——这美更加致命。终于下了莲花峰。有个带单反和儿子的男人，自告奋勇做了我的摄影师，没带相机的我，一路上都有人帮拍，拍了一堆个人照片回来。

原本以为旅行到此为止了，全身也确实筋疲力尽，松懈着颤抖着走下山去。在莲花峰脚下，又遇见一片开满紫色风铃花

　　　　　　　　　　　　多 情 故 我

的小树林，画面一下子从青山绿水转成日系和风。我小女孩心性，跑过去。风铃花花型优美，平常难得一见，又大多是白色的，可在这山脚下，绿树林中，却开满了紫色风铃花，玲珑挂枝头摇曳，远远望去，如梦如幻，如诗如画。树林深处，又有更多不知名的野花开放，殷红小果子缀满草间，我暗下决心，下次来黄山，主题是黄山的植物。

看过了风铃花，我走上了正式下山的石道，因为舍不得黄山，在来回考虑后，我还是决定选择用脚下山，没想到又踏入游客的海洋，不同的是，这一路，都是日本、韩国游客。

这段以后讲，先说吃的。回了云海楼，我觉得自己可以吃下一头牛，黄山上实在是除了泡面和鸡蛋都没有食物可充饥，遑论美食，这点是黄山的一大遗憾；在我吃完从山下背上来的饭和第三包泡面后，决心去食堂大出血吃上一顿很贵的饭菜，180元只能吃到青菜肉丝那种，这时又被告知食堂没有菜了。在山上三天，都是真正的风餐露宿啊！泡面面包吃了两天，最后一天干脆不吃了。到云海楼我就开始大嚼，臭鳜鱼、黄山鱼、毛豆腐……云海楼的大厨真是还可以，又或许是当地人，臭鳜鱼做得十分地道，臭里有香，味蕾层次丰厚，鱼肉外韧里酥软，让我连连吃了几顿。毛豆腐是安徽的名菜，齿颊留香，意外的是黄山鱼肉质鲜嫩无比，再炒盘山上的野菜，就觉得此行功德圆满。在他家吃了几天，去了宏村，去了徽州，才打点行李，去了景德镇，原计划是游到九华山和周边去，太热，便止步于景德镇了。

我一路沿着山路慢慢行下，山路略宽敞，人也更多。或许由于身体距离近，彼此之间难免有触碰，又刚好一起游玩这么好的山，人人分外热情和睦，说着话儿，走下来，我水没了，一会儿工夫，手上被塞了两瓶。休息时坐到栏杆上去，旁边一群亚洲人说着我听不懂的语言，听了半天是韩国人，正在从袋子里往外掏食品，看我一个人，或许觉得我可爱，都围过来，以照顾孤儿的姿态往我手上放香蕉，堆得老高。想来而不往非礼也，我开始努力掏兜，最后掏出一包没启封的小面包，跑去送给他们，他们脸上带着开心而拘谨的表情，犹豫着不敢动手，我便往他们张开的手掌里每个人放了两个。

黄山旁边还有翡翠谷、木坑竹海等景点，因为都不了解，我便按方便的时间去了宏村——一个静得近雅的古村落，卧在湖上，湖光屋舍，黑瓦白墙，荷芰拱桥，书院的大门上悬挂着门联。我一个人，也不请导游，在村里闲走。吃了几个黄山烧饼，走到村落里去，遇见一户茶农，因为是正午，日头毒，便躲进她家去喝茶——祁门红茶。

二进黄山

清晨进了黄山。

山道尽由长方青石铺成，边缘泛青苔色，道旁罗列丛生青翠小树，树林里隐约有溪涧流动。沿路缓行，举头时绿意盈盈欲滴，踏阶而上，溪声贯耳。只是寻常上山路，幽情一缕，早油然而生。

寻一道旁石凳静坐，正对树林错落处，溪涧流水潺潺，日光落在树顶，绿意深浅横流，石凳旁生龙须小细草，开淡紫色小花，散落青翠草丛，似一幅水彩。

黄叶静然卧道上。日光和隐隐水声从树叶间隙落下。一半是青苔的石壁上有灰白的眼状纹理，多有奇妙。

人在密林里穿行，有时钻出密林，山路陡时，台阶细密，高过头顶，水泥栏杆筑成树形，框住天色瓦蓝如莹。野花盛开，时时遇见。

太久没爬山，许是身体不如前，走不上半里路，就大汗淋漓，看见石凳就停下来。走着走着，渐入山深处，山鸟叫声变了，从细如虫鸣，到声大如鼓，有时磔磔作响，震荡山谷，全然不理一条路上满满的人群。我的汗似乎也少了，以为汗已流干，谁知一停下来，又全身如瀑了。

寻了一处可以俯瞰树海、正对流瀑小桥的石桌用早餐。吃龙眼时一位游客途经，羡慕地问："这里卖龙眼？"我说："从福建带过来的。"游客艳羡不已，迭声道："我就说安徽没有这个！福建啥好吃都有，福建人真有福气！"当了这么多年的福建人，我被人提醒了自身的幸运，抱着一包龙眼吃得津津有味。用罢早餐，继续爬山。一路走，一路撒龙眼种子——以后若长成一棵龙眼树，记得那是我种的。也许以后史书会记载："皖本无龙眼，后闽人方氏登黄山，道有所遗，遂生于野。"我被自己孩子气的想法逗笑，唱起山歌，迤逦而行，当日李白闻见岸上踏歌声，也是我这般轻快吧？

　　到了早上9点55分。我已经爬过了全山的六分之一路程，爬掉了三个小山头和一个鞋底。天色转阴，"天青青兮欲雨，云澹澹兮生烟"。鸟声婉转，我入了林中深处。林内幽静无声，石上渗泉，零落如珠，水迹过处，斑驳有迹。石缝深处，苔色深郁了，也许有话说。走到半路，路旁浓翠密林里，瀑布声响越来越近，我一下子坐下来，走不动了，很想在这里听瀑布，听一天。忍不住离了正路，攀山石而下，循水声前往，行几步，眼前豁然一泉如练，上生绿树欲滴，水流在山石间哗然，一山谷绿树都被搅动起来。

　　掬水洗脸，水清冽寒骨。淘气地把带来的葡萄都放到山涧凹处，一粒一粒从水里捞起来吃，吃了半天，才起身又上路。

　　走走停停，坐下来休息时和人聊天。道上有许多游客，走在我前面的是一对母子，儿子幼小，走得累喘，母亲耐心对儿子说："你妈妈我第一次来黄山时，是20岁，你来时是8

岁……"我在后面莞尔,中国自古有登高传统,爬古老黄山也是我们国人的传统了,可传家。

有一位瘦削至极的白皮肤女子,我看她独自一人,轻快如蝶,在台阶上点点款款,心下羡慕。有次休息刚好坐她旁边,正要开口问她爬山秘诀,不料她先向我诉苦,说再爬山将如何如何。我听着,脸上现出蒙娜丽莎的微笑,谁能想到一个人内心深处是如何想的?一个小小道理:你所看见的,未必如你所理解的。黄山人来人往,可谓热闹非凡,途中不停遇见不同地方不同身份的人,也是极有意思的事情。

正在胡思乱想,天色全然暗了下来。雾气涌过后,雷声隆隆,雨哗哗泻下。黄山这个容颜迷人的任性小妖精,轩辕帝这个脾气古怪的老年人,一秒钟就变脸,山路上满满的人,躲的躲,窜的窜,四下狼奔豕突。我赶紧翻出包里的雨衣穿上。冒雨前行。道路无恙,只是人人躲在雨具里,我独自行走颇无趣,开了啤酒边走边喝。因为大雨隔绝了外界,我自顾无人,喝着酒,念着诗,上山,上山。

云 水 游

　　长泰在漳州边上。漳州又在厦门边上。如果你是北方人，从动车上下来，打个车半小时就看见渺渺竹海。竹海深处，有水声不绝，藏着一条四季奔流的瀑布。竹海之后，就是长泰。

　　我第一次去长泰，却没那么美好。做老师还没转正，应邀去参加一个市里最高规模的教师会议。一屋子都是比我年长的人，热情客气，祥和寒暄。宣读了论文，去江边最好的大饭店吃饭。踏上厚红地毯，有一层灰，带着不知名的烟头烫出来的洞。坐在大圆桌前，窗外投进来的光线昏暗，昏暗里有无数想象里的螨虫在蠕动。一时间都没了胃口，也无力分辨满桌子大盘子装的什么菜，饮食并无深刻印象。饭后和同行去散步，问哪里有风景，有人热心指路，说前面有个很大很大的公园，为了强调，他还用手摆出一个巨大的圆圈，以表示这个公园真的很巨大。我和同行几个女教师循路前去，前面只有一条孤零零的大街道，我数了下，这么长的街道上，总共只有两家小的服装店。在街道来回找了两个小时，没看见公园的影子，只有一个圆形花坛在公路中间，四岔路口。围着花坛兜到第四圈，同行的老师突然一拍脑袋：那人说的公园就是这个花坛吧！

　　幸好回去的时候，主办方送了每人两箱芦柑。长泰芦柑，天下一绝，皮薄得像纸，一戳就破，果肉囊在里面瓣瓣分明。拈起一瓣，入口果汁满溢，滋味畅美。我吃完半箱后，坐别人车把余下的都带回家。从此对长泰的印象就是芦柑、"大公园"、江边大饭店。

这样过了很多年。舅舅在长泰水电公司上班，邀我们全家去云水谣，就是电影《云水谣》拍摄地，后来命名为云水谣。我心里抗拒，但习惯性服从，我们就开着两辆车去。一进长泰，我就蒙了。这不是我印象中的长泰。长泰哪有竹海？我见过漓江边上的竹海，秀秀气气，疏疏朗朗，散落在翡翠玉带一样的江边，远看是水彩画，天阴时又是水墨画，以为已经极尽竹林韵致了。长泰的竹海无声无息地卧在山中，延绵不绝，竹竿细细，竹叶悠扬，山形起伏，好像陷落进去，安静到柔软，有一种云雾气弥漫开来，无边无涯，看一眼，心柔软到极点。不期然遇见一声远山的呼唤。无言地，手挥五弦，目送渺渺远山。

第一站是去百里林海里的瀑布。沿着弯曲的山道，道旁是水，沿水而上，水声琅琅，由小渐大，水里大小石头长满青苔，道上铺满的落叶五色斑斓，被子一样厚实，踩上去绵密无声。只有路旁山壁上的攀缘小圆叶藤萝，垂下一细条挡住道路，诉说着人迹罕至。一分硬币大小的蝴蝶舞着翅膀，落在肩头上、头发丝上。

道旁的树林越来越密。树干粗可围抱，叶子密不透风，大中午光也泼不下来。拨开一丛倒在道上的阔叶树，拐过一个大的山道口，瀑布陡然就在面前。

我见过许多瀑布，让我提笔写，如何描述，却自叹欠缺功夫。说到底，瀑布如一大美人，在你眼前光艳夺目，让你神往情迷，神失情溺，至于瀑布大小、高低、远近、水花几尺我是全然不晓得。李白写庐山瀑布，"飞流直下三千尺，疑是银河落九天"，即是此意。后世有人无知，说李白荒谬，写瀑布竟有三千尺。他的话也只供世人嘲笑罢了，这是小年不知大年。

长泰的瀑布不是庐山瀑布的飞流直下，是从半山跌落，水花白皑皑，水声轰鸣，10米外溅湿衣襟。两侧茂林翠深如海，中间雪白水流喷着雪花，画出触目惊心的道。这般画面，好处无一言，不爱照相的我也照了一张。恰好穿着一条淡绿开满牡丹花的丝绸裙子，立在瀑布前的石头上，背景是奔腾而来的瀑布，一脸的阳光，漫天的水珠。仔细看时，裙子的牡丹花边翩然舞着一对白蝶。

下一站去云水谣。云水谣是一个静谧的地方。车开着开着，好像隐形起来。周围圆形的土楼，土楼边翠绿的芭蕉树，芭蕉树下黄绿未匀的田野，田野中间横穿的明亮河流，河流上响了一百年的木水车，水车畔绿意深重的大榕树。大榕树背后是一条街，整洁石板铺成，街旁皆两层楼高客栈、酒楼。东道主舅舅已经订好了饭店和住处。我们一下车，就在泉水的石槽里洗手，捧着主人双手奉上的在竹筒里酿成的醋和茶，开始了饕餮大餐。

酒坛在院子里一字排开，墙上挂满了竹筒酿的各种酒，自取自斟自饮。正埋头吃得不亦乐乎时，突然听到舅舅念了一句杜甫的诗，颇受惊吓。我转头问他，你刚刚念的是杜甫的诗吗？他说是。

多 情 故 我

我从上到下从下到上打量这个国家电气一级工程师。头发已经少了一些，肚子也凸出了一些。但是，难道长泰竹子酿的酒能催生诗情？

舅舅不理会我小人之心的打量，问我可知杜甫诗中提到的竹鼠。

不承想如今能与舅舅聊起杜诗中的小动物，想当年为了这只小竹鼠我还翻阅了几本清代诗论。关于这只竹鼠，历代诗论家争论不休，有人说竹子必然没有鼠，也有一派持反对意见。

古今江山，风物熙然，事有代谢，人有古今。古人今人在同一块土地上生长、老去，探究同样的事物，有着同样的爱恨情仇，一只小小竹鼠，杜甫曾经好奇写下诗句，隔了千年，我们谈起依然兴致盎然。托了杜甫的福，一只竹鼠穿过千年，依然人人尽知。世人追求不朽，极力扑腾以求不被历史长河淹没，这只小小竹鼠竟也做到了。无怪乎三国时期，曹丕挤掉了八斗之才的曹子建，头戴冕冠，仰望星斗，郁郁寡欢，长叹："文章，经国之大业，不朽之盛事……"

云水谣地如其名，一水带云，云下有人家。饭后我独自沿江行走。江确也是一条江，江面阔大，有些云低风暗的意味，视野无遮，青山在远处。水也并不清澈，下雨季节想来是一片黄沙泥泞。立着，行着，心上分外悠然。也许是桥畔芭蕉无人绿，也许是桥下流水无人询。云水谣人不多，只有道上三两行人。居民似乎另有营生之道，因此并不繁忙，路上挑着青青野菜，门前坐着捶雪白米浆，院子里挂腊肉，一派世外桃源的悠然。江边许多木楼，闻道是许多文人画家在此开工作室，想来他们和我一样，打脚踏入这里起，心就安定了下来，在安静里水草一样地舒展。在云水谣之外的万丈红尘里，是住不下这样的悠然的，也住不下这样的安静。

一切秋

南北秋色，若以长江为界，北方秋天是油画，浓墨重彩，铺天盖地，如火如荼，千山万壑尽染，天地之间浓艳席卷而来，而南方秋天是水彩画，氤氲缭绕，渺淡涂抹，无声浸染，寂静物移。秋风是大笔，不知始于何处，不知终于何方，行过江东绿树，轻抚渔舟唱晚，秋之色彩，一点一点从苍穹倾泻而下。

北方的秋其实我深味得不多的，倒不如春天出去得勤。北方的春天好比红桃香槟，粉色浪漫泡泡满天飞，一杯又一杯的甜蜜喝下去也不会醉。

北方的秋天却是最烈的酒、最好的马、最艳的花，多看一眼都觉得醉得太沉，太浓。北京的春天太过短暂，度过了无趣冗长的夏季后，秋天姗姗来迟，像中老年人终于恋爱般燃烧热烈，漫天银杏灼灼，一座古老城郭瞬时变成一个秋天的童话，又在顷刻间熄灭，归于沉寂。

这般耀眼又短暂的秋光，总令我情不自禁想起烟花。也许是我无勇气观看万千寂灭，一瞬繁华凋零，便大部分时间在家里，想想明月下的桂花香，长道上的银杏黄，偶尔窗口有一句鸽调飞过，敲醒莹蓝高远的天空。

有一年秋天，我去了成都。成都处于四川盆地，宜南宜北，城市里大部分树是蔚然深绿的，簇拥着白色房子。行到杜甫草堂，却见漫天黄叶、红叶，翩然飞舞，簌簌而落，深红、绛红、绯赤、金黄、浅黄，铺满了屋顶、篱笆、石径，流红入清澈沟水，在一派清明的城市画布上，捧出一个瑰彩的世界。

在成都，每天步行去公园茶馆写作。公园林木茂密，郁郁葱葱，秋天一到，高处树冠全部变金黄和绯红，矮处雪松兰草越发苍翠，金黄阔叶树冠冷不防撞见苍翠丛林，迸发出流丽。

天一冷，下过了薄雪，斜阳落霞，就是一首祖咏的诗："积雪浮云端"，"林表明霁色"。有时候我走着，信步乱行，听到泉声，便循泉而去，看到一点鸟影，然后坐在木椅上发呆半天。茶馆前面，尽是古藤绿树，天一冷，似乎冷出了白色雾气，在湖面上飘浮。夏日的荷谢尽，余下一塘残荷，萧萧瑟瑟，荷塘里尽是灰褐色或深黛色、灰黄色、灰黑色，下面游动的野鸭子也是亚麻色羽毛，时间都教这样的颜色冷静住了。而波光粼粼，闪亮湖面上落满了最浓艳的树叶。这般天造地设的搭配，值得坐在旁边喝一天的茶，我也每每坐下来了。

成都城里银杏叶落到一半时，我听说雪已经到了九寨沟。我也赶过去，穿着羽绒服，是晚霞燃尽最后一瞬间的颜色。车进了山谷，我大吃一惊，如果不是天空蓝如洗，我还以为我是夜间进来的——九寨沟已经变成了一个二色的琉璃世界，一半是冰雪色，一半是湛蓝清澈。

冰雪是冻在半空的，树枝下面的冰凌，倒挂丛生，枝枝直立，落光叶子的树林似长出昙花，日光在上面刻出七彩。站在树丛前，似乎肺腑皆冰雪，从里到外，纤尘不染。冰雪世界之下，则是凝固住了的翡翠地面，湖面，认真看去，是一面不流动的湖，一个凝眸的海子（方言：湖泊），一条中途不语的瀑布，全部变成晶莹的蓝色，闪着明艳或冷的光泽。

我借一点晚霞在冰雪世界和翡翠世界中间穿行，许久。世界只有两种颜色，我以为便是如此了。到一个小山坡上休憩，低头从包里掏出一小瓶白酒，打算抿几口驱寒。喝着酒，眼角边有微光闪烁，认真寻找，却看不见景物。我坐在小山坡上，对面没有湖，也没有冰凌，那么这一点光到底是何物？我站起来围着山坡兜圈，山坡也不大，兜了两圈，还是看不见，可我并不打算放弃，终于在蓦然回首时，看到一排小树林，它的树干泛着淡到如同羽毛的柔光。

我站住了，望着小山坡，那一排小树林，树干全部泛着金色的柔光，安静立在高处，冰雪世界无声，那是古希腊女神遗落的竖琴，是一排烫金大字的诗句，在我眼里，它是一种叫作希望的事物。

我拍了照片，看到时无端想起了第一次看到《圣经》上的金字书名。在冰雪世界之下有蔚蓝湖面，在蔚蓝湖面之上有尘世喧嚣，尘世喧嚣之下有丑陋，然而冰雪世界以上，总生长一片希望的小树林。它立在高处，柔光令它羽毛一样轻盈。

傍晚时，我作为最后一名游客，走出景区。靠近景区的路边，有一条河流沿路而下，一半冻住，靠外面一半却奔流不息，水花飞溅雪白，打得路边的野花丛簌簌。野花是淡蓝色的，叶片、花瓣洒满水珠，凝结成白霜，白霜边缘的花瓣又冻成黄色，在雪白浪花的背景上，美得像一幅名画。小河的远处，深黛色的远山尖浮着皑皑白雪。

这是成都的秋，四川的秋。我还有一个心愿，想去看峨眉的秋月。

大概是李白的《峨眉山月歌》时常在脑子里流淌："峨眉山月半轮秋，影入平羌江水流。夜发清溪向三峡，思君不见下渝州。"

"峨眉山月半轮秋"，这也许是最近清风的诗和去处了。一个下午，我大张旗鼓地打车去了峨眉山，很快爬到山腰。山腰下面有山谷，山谷中有一条奔流山涧，缠在山腰，九曲隐约而入，山涧溪水清澈，水流湍急且猛，远远听见水流哗哗，隔着万重茂林而来。山涧有一座石桥，石桥边长满了青青芦苇，最为奇妙的是，只是一座小石桥，跨过去却再也听不见外面世界的声响，包括山涧溪水响动。我试着走了几次，果然一过桥就全部声响隐去，整个世界都沉入林木，一条石径向前延伸，对面是徐徐打开的青山，而一回到桥这头，脚下的山谷里水声如雷，连绵数里，延伸至远方。

一座石桥，竟分隔了两个世界。据传当年朱元璋的国师就在此处修行，直至圆寂。我仔细寻去，果然看见一座石墓，就在桥边，石桥一过便是石墓，墓边是他的石刻像，双目低垂，若有所思。石像和墓前一步之遥是石桥，过了石桥就是外面的世界。据传他功成身退，朱元璋称帝后再如何邀请，他也不出山，不肯迈过石桥一步。暮色降临，我在石桥上徜徉，浮思历史前尘，竟然不知所往，只好在石桥上独立许久，直到清风满袖，全身发寒，才从桥上走下，走到了外面的世界。此时已经

多 情 故 我

天色全黑，最后可以辨别的暮气在山谷间静静浮沉。光线仿佛一下子被按灭了。我本来还打算去看猴子或者再走一段，这一下什么计划都没了。整座山似乎只剩下我和轰鸣隐隐的涧水。我在黑暗中往下试探着行走。流水声在脚下，路的拐角处总会有一盏昏暗灯火。一时间，变成我和峨眉山独处的一个世界了。

浮生一叠

那一年去九寨沟，正是冬天。树挂着晶莹冰凌，海子在寒冷里明亮，瀑布冒着热气，奔流不息，一个人穿行其间，山流淌着水，水凝眸着树，树拥着我。天地之间没有明显的界线，仿佛在无限美丽地旋转、旋转。

一个人拥有了九寨沟的天空，天空下的树，树海里的瀑布，星星点点的晶莹海子。站在山巅，坐在桥上，靠着，待着，看大山里瀑流白皑皑雪花一样，看树林里的冰凌闪烁流光淌过来瀑流一样，冬天树是新绿的，山是深绿的，海子是蓝的、青的，冰是雪的，雪是白的，光是金的，我是红的。世界是静止不动的，时间是凝固的，瀑布是一行又一行写不完的诗，念起来婀娜多姿。脸是凉的，呼吸是热的，眼静谧，心飞扬。

冬天冷了，在城市的高楼上醒来，躺在这里，想起清晨上山去看草原花开。漫山遍野的白色、紫色小花，都盈盈带露。太阳刚刚要升起，带着晨曦和光晕。真是相逢好处无一言。

那年初夏去坝上骑马。我骑着马，踏过开满小花的山坡，从山上到山下，从山下到山上。远处的白桦林越来越近，身后的风越来越轻。清晨起来，一个人走过静谧沉睡的村庄，到村庄后面的山上，一座山的开到无涯的紫色小花在低声吟唱，第一缕晨曦无言洒落。

在北京想看山，只能坐很长很长的地铁，转了一站又一站，再坐 40 分钟的公交车，去香山喝喝酒什么的。没事周末也只能去北海看风，去花厨吃饭，去顶层旋转餐厅吃龙虾。

这都是我的日常生活。然后傍晚时分去中山公园散步，看看夕阳透过树林的影子，树林下面青翠叶丛里的花。迈过一个朱红的拱门，去中山音乐堂听一场演奏会，在右边有个茶馆，房顶上是参天的大树，茶座在树下。坐着喝茶，听琴，闲话浮生。

中山公园后面有一个亭子，在不高的小山坡上，四面凿有石径蜿蜒而上，旁边错落散放着太湖石，几分有心，几分无意。山石掩映，碧草如丝。植的都是槐树，上次去竟然落满了白色槐花，厚厚几层，满满当当，整座小山变成了白色槐花山。我一时间感动，凝噎无语。

在听完一场悠扬的管弦乐后，沿着夕阳的斜光走过圆月拱门，遇见这样一座山，真是令人心情愉悦的事。

在老家时傍晚去兜风。海边的小村庄，伸向天边的水泥道，灰白的，两边静谧的房子，不大，亦不精巧，白墙，偶见淡红的瓦。无处不在的洁净的海风。一路驰过，闪闪的银色水流，偶有大块湿润到心里的翠绿。路边的谁家门前的零星红花。树上新挂了鹅黄的小龙眼。

我就这么散淡地，一直往前开，仿佛要开到天尽头，那里淡得不见蓝。原本是想去海底森林看鸟，突然惦记起在晚霞天边翠绿海洋上翩翩落下的白鹭。开岔了道，迷失到田野去了。路过一片田田的荷塘，开始开了三四朵红花。一路都是静的村庄，散落在绿野上，这幅画里时时有人过往，他们表情平静，看我一眼，继续赶路。

一般走到迷失自己就回家了。偶尔也会拐入云色的深处，那里有一座直立的高桥。几何的线条拉到远处，不远处是湖，冬天草低了，波光粼粼。更远处是苍茫的山岳，在暮色里隐约可辨。去年我在桥下，邂逅了一湖的白鹭，高低栖落，翩然起舞，不期然拐进去的我，瞬间恍惚如隔世。

济南行

夏天在北京，一天 24 小时空调房。

有一个夏天要来之前，我逃去了济南——一个传说中处处插柳、几步一泉的地方。

趵突泉，天下第一泉，我从小就知道并向往，多年酿成滔滔的渴望。到济南第一站，自然去看它。

济南为这"天下第一泉"，专门建造了一座园林，我以为，它也是当得起的。进门起，冬青修剪得整整齐齐，青翠逼人，清绮竹林生长道侧，竹林边种了苍劲的松树，和一树树开花的不知名植物。行走其间，乱花渐欲迷人眼，头顶上不时落下鸟鸣三两声，不失为一处闲行佳境。我心急看趵突泉，快步前行，分花拂柳，穿过一个月门，走过一片绿荫掩映的小院，隐隐听到泉声。绿荫尽处，走上曲径回廊，回廊之下，波光潋滟，泉声越来越大，宛如雷动，趵突泉就在眼前。

泉流大如瀑，从泉眼里喷涌而出，雪花一样的水波，泉眼边是一个几间房子大的水池。泉水满满当当，清澈见底，波光粼粼，池底的鹅卵石历历可见。即使在水底，泉流也是奔流不息，翻滚着，一刻不停歇，用力地翻滚，却没有一丝沙石。整个池子，像一块巨大无比剔透晶莹的水晶，泉流在里面奔腾，奔腾，万马齐奔一样动感，却又盈盈闪烁着珍珠光泽。第一泉，名不虚传。

趵突泉旁的亭台楼阁大有唐宋建筑之韵，又植杨插柳，错落有致，远看近观，皆有景致。可惜我对着趵突泉，就没有一丝心思看别的。我坐在泉边的山石上发呆半天，看着泉水不停奔流，听着泉声如唱，隐约间竟有一种生于盛世繁华的庆幸之感。这样的名泉，奔流不息多少年，而在过去的朝代里，也时常出现枯涸，早十年还是干枯无水的，而今日我能坐在这里，和千古之人共掬一捧泉，饮珠咳玉，亲手触碰宇宙秘密一样古老的泉流，很惊喜。趵突泉旁边有漱玉泉，相传李清照故居在此，一口泉，清气袅袅，水边的石头，都分外明净，看一眼，便被李清照的灵秀清澈迷得神魂颠倒。漱玉泉泉水少些，流出来时倒像源源不断地倒出珍珠，一池子满满的白珍珠，掬也掬不起，数也数不清。

此园之中，除了趵突泉、漱玉泉，尚有十几口名泉。有的安静卧于树影之中，一体浑如碧玉一般，青色逼人，在它旁边站了一会，觉得自己顿时已变成泉水中的一叶绿萍。也有一口泉，从松树根部下的石头缝里流出，汩汩流淌，沿着石头往下，变成细如明线的一条闪光带子，弯弯绕绕系住了太湖石假山。

我在园里转一圈，回到趵突泉边的紫藤花架下，春天的紫藤花谢尽，余下一点淡紫藏在绿叶里，初夏的风吹得一棚的绿叶哗哗响。我取了趵突泉的水，煎水泡茶，坐在花架下，翻着一本闲书，和旁边的人闲聊几句，喝了一下午茶，和趵突泉相伴了一个下午，算偿了夙愿。夕阳西下，风把泉声吹得越发清冽时，才依依不舍循旧路出园去。

一出了趵突泉，就遇见了扎啤店。想着这也是趵突泉水酿造的，买了一扎，和着一碟腌制的小螺，一碟炒得鲜红的辣椒，一碟烤鱿鱼等，在路边的小亭子里喝起来。没想到水好，扎啤更好，一发不可收，喝了许多。

第二天去了大明湖找辛弃疾玩。

时值 5 月，天气不冷不热，暑气和大明湖的荷叶一样刚出头，在湖面上隐约浮动。四面杨柳，十里荷花，一汪清水，大到烟波浩渺的大明湖，看起来比颐和园明秀一些，没有皇家园林的端穆，湖畔茭白菱角摇曳，花丛高低错落，穿行其间，时不时落下阳光，时闻明媚鸟啼。走在湖边，心境亦如湖镜。

辛祠坐落在湖边，长而雄阔的屋檐，高大的建筑上是更加高大雄伟的树冠。也许因在湖边生长，这是我在中国见过的最为高大雄伟的树群。有树群，有大明湖，辛祠的雄浑如天然生就。我没有进祠，怕看见一屋子泥塑木雕，四不像，也是兴起而往，信步而行，在辛祠前面，对着大明湖，湖上依依落日，落日里晚风轻拂，走着走着，忍不住念起《水龙吟》：

> 楚天千里清秋，水随天去秋无际。遥岑远目，献愁供恨，玉簪螺髻。落日楼头，断鸿声里，江南游子。把吴钩看了，栏杆拍遍，无人会，登临意。

当是时，大明湖烟波浩渺，辛祠坐落在湖边，雄浑壮美，立在湖边许久，心境、词境相得益彰。从初中喜欢辛词起，到了此日，得以拜访，也是惬意。

　　从大明湖回去后，济南一个朋友请客，宾主尽欢，循着开满蔷薇花的公路回了酒店，喝完最后一扎扎啤后，买了一张去泰山的票，第三天取道登泰山。

多 情 故 我

武夷山杂忆

晚饭吃烧烤，有一串香菇。突然想起武夷山。

很年轻时第一次去武夷山。在见不到天、散发淡淡白雾的山林里走着走着，四下满眼都是绿色，高树、矮树、胖树、瘦树，细草、长草，长藤、短藤，走了两天，终于见到了不是绿色的人，戴着斗笠，挑着依旧是绿色的箩筐，卖一包一包的菌类。一下子就记住了黑色菌类，记得特别牢，它们香气浓郁，好像一朵朵奇花。

武夷山有一个山口，走进去就看不见天了，像掉进绿树草藤的深潭，游啊游啊总游不到头，路上也没饭馆。我走得神情恍惚又脚疼且饿得要疯。总算摸到了一个发着大片光的地方，原来是大红袍茶园，不算太高又长满青苔的山崖上长着万中无一的大红袍茶树，一畦畦翠绿可喜。我却只记得孤零零朱红亭上，卖的面特别特别香。

武夷山那一年翠色逼人，绝无人烟，只有清澈溪涧，一叠，一叠，山间雾霭，崖上短树，林间蔓草，苍翠如滴，如流。一路行尽，连朵小花也不曾逢见。夜宿在一个竹林间，饭桌上满满的竹荪野菜、紫色蕨菜、白色竹笋、黑色蘑菇、红色腊肉。傍晚去散步，远处山影，耳畔竹声，无飞鸟返宿，只有山气横浮。

我一人沿着山林闲走。走了大半天终于看见一朵细小黄花，花瓣被雾气洗得明亮。折下来，衔在唇上，继续走，拐过一个长满虎耳草的山脚，看见一块短短绿秧田，整齐排着，却看不见一个人影。秧田的边上有几株芭蕉，阔大的翠叶垂落，宛如拱桥弯曲，芭蕉后面有一眼山泉，汩汩流水。我在泉边的石头坐下，看着太阳落下去。

具体事情已然渺然难忆。在我觉得，武夷山是一个隐者深藏的地方，宜迷失，宜忘我，宜无所事事，宜浅酌微晒。第二天去坐竹筏，人不少，却也依旧是静的。坐了一会竹筏，又去爬天游峰，登峰路径异常狭窄，横在黑色山石上，在山下抬首望，好像一条白色细绳直甩上去。我懒懒爬了，很快又下山去山林里了。又一个傍晚，门前竹林里有一只大鸟在竹影里起落，只听到翅膀扑棱声，竹叶簌簌声，一声清脆鸟啼。

接下来的记忆就是饭桌上琳琅满目的黑色菌类。那是我第一次出远门旅行，回去时买了不少礼物。我买的似乎和大家都不同：一幅竹壳做成的工艺画，一个竹子根系加工成的根雕头像，一个玉石笔筒，一个竹子和石头镶嵌的花瓶。背回去简直辛苦，回去后送人，倒是人人喜欢。

《大唐西域记》和野菊指道

　　前阵子大爱电视台拍摄的《大唐西域记》纪录片在网络流传，其中提及，玄奘曾言：“若不至天竺，终不东归一步。”这是一部玄奘法师的西行取经纪实，是根据《大唐西域记》拍摄的，不似《西游记》的神话诙谐。《大唐西域记》是一部奇书，它既是记载中国佛教史的重要文献，又有很高的文学地位，还是重要的历史书籍、地理书籍、人物游记等。能跨界担负起这么多职责的，还有另一部奇书《水经注》，这两部书可以说是想了解中国古代文化的人的必读书目。这部纪录片拍得十分用心，我的朋友和相识纷纷向我推荐，我并非佛教徒看后也深受感染，久久激动，浮想联翩。千年荏苒，玄奘法师的身影已不复可见，如今佛教寺院香火鼎盛，僧人们的志愿是否与玄奘当初取经的初衷类同，不得而知，只是我在生活中，确实也曾亲眼看见这样的圣地，令我大有感触。

　　灵通岩隐藏在我家附近的平和县，就在林语堂故居边上吧，据刚从雁荡山回来的妈妈和刚从张家界回来的姐姐力证，三者之奇险差不多。我从不大的时候就经常去。总体上确实有些奇特，五个山丘犹如天外来客，降落在福建无尽连绵的丘陵地带中，线条流畅，峰尖凌厉，说是山，其实就是巨大陡峭的山崖，犹如菡萏花瓣错落披散。我看过许多号称神似莲花的峰，倒觉得这个好像更像些。

大概是明朝或清朝，有人依石开凿，建下寺院。其规格与形状可参看悬空寺，惊险之处有过之无不及。基本是要先爬山几个钟头，再到百丈的峭壁前，沿着人工开凿出来的石级手脚并用地爬上很久，才到石壁的中间凹处，里面建着颇为壮观的寺院。前几年新建了铁制的旋转梯，每次走起来还是战战兢兢。而下面也修了盘山公路，开车上了山，只要再爬一到两个钟头就可以了。沿着石阶，茂林修竹，奇石茵草，路旁飞泉流瀑，山花烂漫，很容易超然物外，逍遥忘我。又到了一个山上，才看到四面巨大遮天的石壁，往上望，峭壁千仞，气势飒飒，猛然生晕，往下看万里流翠，云气蒸腾，脚底生凉。

每次看到灵通寺，总忍不住要追想。追想那些建下这种奇寺的信徒，不知道他们是靠了如何的虔诚信念，才在这种险崖之中修建起庄严的寺院。又追想那些很久以前来朝拜的信徒，不知道是如何攀上这个寺庙——据说最早是用绳子荡上去的。

还有一个动人的传说：菊花指道。寺庙所在的山，往后绕可以避开石壁，只是路途倍增，大概有十几座山的行程。从前没有石阶，这是没有荡绳技术的人前往寺院的唯一通途，四面八方的信徒都是从这里来的，只是要翻十几座山，道路掩埋在荒草乱林之中，十分难辨，即使方向正确也未必能找到庙宇。身为迷路大王的我就这个问题也问过妈妈她们，她们说，当年来此朝拜的人，没有一人迷路，因为他们只要沿着有菊花的路走，就会找到庙宇的方向——年年都有菊花生长开放在路旁。

第一次听到这个传说的时候，我觉得很美，也下意识地想起了"马穿山径菊初黄"的诗句，却以为传说终究只是传说。但是之后到了山上庙边，我沿着后山去漫步，不小心却看到了小径边的菊花，确切地说是菊叶，还没有开花的，细细密密，在踩成的小路边铺开，弯弯曲曲，在野草里，蔓延向远方。当是时，真是非常震撼，有什么比亲眼看到一个真实的传说更震撼的呢？想想，几百年前的一群或许衣衫褴褛的人，心里怀着虔诚圣洁，在菊花的指引下，在花香里坦然前行……

我想，人们对佛祖和朝圣的向往与不懈追求，其实也是在追索自己，试图把自己从尘骸的拖累中拉扯出来，把污秽换了洁净，把卑下换作崇高，在自私的心中生出慈爱，把残缺化作圆满。这个朝圣和自我超脱的过程，是漫长而艰辛的，但因了这样的脱褪痛苦和新生希望，生命一代代不停生长、轮回、壮大。每一代的人类都在尽力奔跑，有从外在物质形式上的，也有从灵魂与精神上的努力向上。从中国古代的夸父追日、玄奘取经，到丹柯擘心，到圣女贞德，朝圣者尤其是圣行的践行者，他们身上的精神光辉是照亮人类精神世界的不灭火把，他们的强烈愿望化作了前方路上的希望花朵，这就是我们通常所说的神迹吧？

可惜的是这次再去，后山也修了石阶路，因而菊花大多都被铲除了，只有拨开路旁的草，才可以看见几株。我非常非常遗憾，但又宽慰自己，菊花指道的任务已经完成了，它便要退出了。

只是，我们为何总不能多保留一些传说？

我拔了一株菊花，带回家来种了。

乌山行

春暮坐在厅里，喝着乌龙茶，寻思无处可去。

忽然想起乌山。第一次去时是少年。高三毕业，为了庆祝解脱，我们班男生羞答答地邀请了几个女生，大家一起去乌山。

男生 8 个，皆是班上的第一梯度，身高 1.78 米到 1.80 米，骑车带着女生，一人一车带一个。沿着绿田野，绕过闪闪河流，顶着熏熏山风，朝着远处的山麓驰驱。路途颇远，足有 20 公里，坐在后座的我已然下半肢麻木，停下来时，落地站不住，差点趴下。

站稳了，举目四望，茫茫皆村落，炊烟袅袅，屋宇错落掩映在草木中，似乎走错了时空。莽苍山色近在眼前，却见山壁峭拔，无径可通，一群人在山脚面面相觑，一朵云在山尖飘来荡去，似乎在嘲笑我们。领队去村里打听，才知道走错了方向，这也是乌山山脉一面，可惜没有上山的路。

局面很尴尬：为了庆祝毕业，我们要完成壮举，骑车去乌山，把它当作一次成人礼，而我们确实到了乌山，但是无路上山，这算完成了没有？上山的路在另一个方向，如果前去，加上刚才来的路程，至少要骑车 4 个小时，到那里，肯定筋疲力尽，结果还是上不去！

多 情 故 我

怎么办？意见不一。领队者默默伸出手掌，里面有小竹枝，抽签解决，结果是留下，原地附近再看看。

领队颇活络，很快在村里找到一家拐了五六七八拐的亲戚，找到了热水、铁锅和盐巴，甚至还有竹筒，又问清楚了路径。我们一字立在村口老槐树下，像一群呆头鹅，端着海碗大口喝水。老乡打着手势说：在这的后面那边，有一个乌山。看我们不解的眼神，又补充说：那叫小乌山。

上不了大乌山，那就去小乌山吧。一群人又浩荡出发了，自行车上多了铁锅铁壶，叮叮当当，在山路上传得很远。也许不再期待，心绪淡然起来，有人唱起山歌，车队也松散了，有的快，有的慢，在大山的缝隙上回环转折。突然前头有人大喊。

我坐的车落在后面，只听见前面的人喊叫大声，语气激动，在空气里震荡，却听不清他哇哇叫什么。我心下一惊：不会是出了什么事吧？好不容易着急地赶到前面，前面的车都停在那里，静止不动。往前一看，又是一惊。

我们立在一个高岗之上。高岗之下，无垠山水，幽蓝如猫眼的湖泊多如星星，零散地深嵌在翠绿山谷中。正是夏初，湖泊和山谷之间，满是映山红，一涧火一样的花，一湖朱色的花瓣。花一边开，一边落，绛红花瓣飘落湖面上，随着流水打转，一些水也被染成了淡红色，在蓝色湖面上裂出淡红的痕迹。画面美得震撼，把少年的我们惊住了。在中学以前，这是只有挂历上才能见到的画面。也许，我们的成年礼上天自有安排。

骑行在这样的高岗上有一种晕眩感，我们的速度特别缓慢，后来干脆换作了步行，慢慢走完高岗。湖泊和山谷终于消失在身后，我惘怅若失。领队已经拍破了胸膛，保证前面就是我们要去的地方，只是需要拐过一个山脚，半片山。这里的数量词是一山路，一河长，一谷花，一树高。

我们沉浸在虽已消失但存于脑海的画面中，呆若木鸡地前行，一路水声潺潺。突然水声若激，仿佛山谷震动。

公路尽头处是齐整田野，稻禾割尽了，田中汪汪白水，山影映在田中。田野边上是狭长大山谷，大山石叠小山石，嶙峋兀立，瀑流从中迸发，恍若半天中落下一个巨大雨帘，吼声如牛，漫天雨珠，千颗万颗晶莹璀璨。

领队到底还是太过自信，高岗下的湖泊是无路可达的，他领我们到这玩瀑布。有瀑布在眼前，可以一亲芳泽，我们欢呼着涌进山谷。山谷的石头多年被水冲刷，洁白干净，坐在石上，靠着一块更大的石头，身侧有瀑布哗然，脚下有清澈流水潺潺，头上不远处，有涧水一条细线般垂落。我似乎已经全然嵌入水的世界，融为一个水分子。人只有在山水之间，才能完全放松，面对自己的本质，焉知人不是自然的一部分？清澈流水也许有一双眼，终日凝眸看我们，如我们看它们一般。

少年的我并没有想那么多。我和同伴乐不思蜀地在山谷里玩着。男生生火，煮茶、做饭，兼带照相。山石两块一砌就是灶，平的石头就是桌。流水尽是泉流汇集，随处舀起来就可以煮茶、煮饺子。水咕咕响，我们坐在瀑布下的山谷里，喝着茶，吃着饺子，打闹嬉戏，直到太阳慢慢落下山谷，黄昏梦一样落下。

人生需有一次成人礼，我们的成人礼，并不算太坏。

　　　　　　　　　　　　　　　多　情　故　我

第四辑：惆怅清怨

客厅的灯要关掉，最好夜够深，四周的灯光全部都灭了，万籁俱寂。偶尔有一点光影漏下，夜无声蔓延开来。可以释放音乐，任它们一秒里肆意横流，占领空间的每一个缝隙，水一样，而又比水更细腻，雨一样微妙，而又比雨更轻柔。我一个人和音乐，加起来就是一个完整的世界。躺在沙发上，黑暗里寻找最舒适的姿势，全身的毛孔一起张开。饮下这杯音乐酿成的琼浆。

雨　絮

今日又下了一场雨。

不似几日前的雨，端的是下得湿润明媚，半城春水一城花。今日雨，无言地，滴在道上、屋檐，好似沉沉渗入，有一种静寂感，不自觉，又泠泠。前几日雨是白居易笔下的《琵琶行》，"大珠小珠落玉盘"，喜和悲都鲜明。今日雨是刘长卿的松风听琴，琴声已是松风远，松风更在琴声外。

今晚坐着。喝过一杯薄酒，有些倦意上来。

从前念《左传》，有感于其语言之简洁，如《郑伯克段于鄢》："初""遂"，寥寥数语，便人事一一道尽，用这样的笔法来书写自己人生，出生长大，用一字"渐"，再到"久"，文为之一转，似乎之后结局已经揭开。在北京"渐"和"久"之后，我倏忽人到中年了。无子不能万事足，亦有事不能一身轻。恍然回顾前尘，如同扁舟一叶，朝发白帝城，沿三峡碧流飞浪，轻舟已过万重山。其间多少惊险，当时不知。

年少时，总想后头还有无限，只要自己努力向前，向前走去，总会走到。到了这个时候，却有点累了，乏了。

走了几十年的路，世界还有许多远方，但也总算碰到了那个巨大的饼的边缘。隐约知道了世界的模样，看山已经不是山，也该坐下来，在一个花园里喝喝茶，晒晒下午的阳光。又遇见这场缠绵的春雨。心里也渐渐有一些牵牵绊绊、丝丝蔓蔓，不复少年时并刀如水，燕过也不留痕。

前几年我写过一篇《古人的雨》，周作人写过一篇《苦雨》，想到这雨，也许曾滴过窗前梧桐，敲响过唐明皇失去杨贵妃后的无尽长夜，惹起过周作人竹榻上辗转的抱怨，披着外衣走入骤冷里，心平气和起来。

上次写雨时，住在团结湖边上，那里可以租到的房子，大多破败，适于闹市小隐。后来又换到甜水园边，依旧是老房子，卧室很大，我陷落在里面，外面是阳台，无事坐在阳台上喝茶，发呆，下了一场微雨，竟写下了四时之气，雨和雪如住在心里。楼道外，水泥楼梯斑驳，与铁栏杆俱难辨颜色。走廊昏暗，每踏几步总以为下一步会有鬼故事发生。唯一好处，门外小区里遍植花木：紫玉兰白玉兰，春来开得一树璀璨，枝干高大，花朵肥美；小区隐角，又碧桃成林，柳丝如醉，一派好春色。小区外正对着北京有名的糖尿病医院，医院之侧的街道，也有些年头，旧照片一样泛黄。道旁种了不少花木，其中有几棵蓝花楹，碧桃将落未落时，开到漫天花魂，粉到无处翻为紫，一树溢开的色彩，是精心调制的，模糊又朦胧。莫奈的《日出·印象》，远看轮廓清晰，近看晕染成一团，蓝花楹的花簇拥在高处，看起来却是模糊晕染的色彩，唯有诗意……我有次傍晚出去，日已经落了，晚霞都褪尽，一条街笼罩在渺茫得几乎透明的暮光里。我走着走着，无意中抬头看见头顶的蓝花楹花树，在暮光洗净的天幕上飘浮着，有一种力量，宛如古希腊诸神浮现，宇宙间唱诵歌诗的庄严，刹那间，我隐隐理解凡俗的人类如何能够隐约知晓神性：一定是这样的瞬间显示，令人生出不可企及、不敢惊动的敬畏之心。

我久徘徊花树下，心情和歌一样悠扬而不可名状。直到暮光全部散去，华灯已然初上。如魏晋人当此时，必然昼短苦夜长，秉烛夜游荡。我空有魏晋风度，却生于今朝。只好回家，明日再来，心中那团众神光晕不散，一夜辗转，天亮间朦胧听到雨声，一声声好像生铁，砸在心上。知道这雨定然会打坏花朵。清晨雨停，出门一看，一地花朵，树梢半点都无，空空如也。一街的花瓣，颜色浅淡，渗入地里，痕迹模糊，昨夜的光彩，如烟花转瞬消逝。这般几如宿命相遇的优美，也许一千年前的北宋朝，烧好瓷器等待遇见雨后天青，约略类似。说起来，这场雨，我未见一枝一叶，却最为牢记。一场雨，彻底湮灭，连惆怅都无从生发，"零落成泥碾作尘"的流连自悼，也不会残存。美，只有至高无上的生存，或毁灭。

如歌岁月

初中时，中国家庭似乎少有音响。我比别人好一点，有一个爱华的 walkman（随身听）——爱华，听音乐的人都知道。还有一个雅马哈的录音机。一加一构成了我的音乐世界。

每个晚上，家里人都睡下了，我独自在客厅，关了灯，听录音机里磁带播放的琵琶、古筝曲。那时的磁带，版本都很经典，听太多遍，拉不动了，我就找一支笔，捅进去，手动卷着，如何做到推动而不破坏，是少年的我遭遇的第一个人生平衡取舍。

客厅的灯要关掉，最好夜够深，四周的灯光全部都灭了，万籁俱寂。偶尔有一点光影漏下，夜无声蔓延开来。可以释放音乐，任它们一秒里肆意横流，占领空间的每一个缝隙，水一样，而又比水更细腻，雨一样微妙，而又比雨更轻柔。我一个人和音乐，加起来就是一个完整的世界。躺在沙发上，黑暗里寻找最舒适的姿势，全身的毛孔一起张开。饮下这杯音乐酿成的琼浆。

一个晚上我听了 40 遍《春江花月夜》的琵琶曲，把每一个字词和音乐配搭起来，直到天衣无缝。我可以一直一直听下去，直到地老天荒。

我也一直听下去了，直到今天。我一闭上眼睛，就又回到那个黑夜的沙发上：春江潮水连海平。潮声不息。

那时代能买到的音乐，大都是古典音乐吧，所幸能出版售卖的都是名家正品。古筝弹的《春江花月夜》也音色明亮，阔大绵远，并不像今天，什么人都可以出来灌唱片。

我每星期去书店，书店里也卖磁带，从形式到内容都正版的磁带，封面上的乐器图片色泽明艳，好像一位美人。我有了四盒古筝曲，两盒二胡曲，一盒长笛曲，三盒古琴曲……渐渐多起来。

听音乐之余，我的世界一点一点地丰富起来：笛子带来杨柳枝下的风；《二泉映月》里那一泓泉水，泉水里的月是叫作永恒吧？

我躺在小客厅的夜里，春江潮水一波又一波地涌来，月照下的花林似霰，似雾，似云。那一刻起，这一生都要去追寻这个世界，去这个世界的任意角落，看春江、花林，看阳关外的黄沙。

那时的磁带店里堆满了民族歌曲，有一些老歌我也是听的，然而趣味所限，会小心翼翼避开封面上情绪饱满，公鸡一样趾高气扬的歌手，捡起沾满灰尘的古琴箫管。一时间，小城里卖不出去的古典音乐磁带都到了我家的柜子里。

也许不会有人，不会有第二个女孩子，长着桃花一样的人面，在深夜里，坐在窗前，听一支洞箫呜咽，看清冷月光，或在细雨蒙蒙的天气里，听一曲古琴，消磨永日。

初中时我有一个好朋友，她学习不好，活泼又跳脱，喜欢涂口红、戴围巾，还有给男生写纸条。我们一起去看午夜电影，坐在后排打瞌睡，她跟我说有次坐在这个位置上看电影，一个男人从后面摸她的屁股。我清醒了，既陌生又刺激地听她说青春期性的事情。她有很多亲戚。有的亲戚在印尼，她就经常磨咖啡豆给我喝，用丝袜过滤印尼咖啡豆残渣。她有台湾的亲戚，于是经常把难得的几个台湾释迦果偷偷带给我吃。她有个姨妈在广州，有年暑假她去了广州，开学找到我，神神秘秘塞给我一盒礼物。我打开一看，是一本淡绿色封面的音乐杂志，附着磁带：《音乐天堂》（*Music Heaven*）。这是中国第一本有影响力的音乐杂志，当时只有广州才有。她买了两盒，送给我。记得第八期《音乐天堂》的第一首曲子是 *I Swear*，听的时候，我想起那首《上邪》："上邪！我欲与君相知，长命无绝衰。山无陵，江水为竭。冬雷震震，夏雨雪，天地合，乃敢与君绝。"一时感觉亲切深厚。

有一期特刊做的是骚灵音乐（Soul）和丛林音乐（Jungle），节奏热烈，无人时听，情不自禁跟着音乐起舞。那时开始会跳舞。慢慢越跳越好，有一次偷跑去舞厅跳舞，第二天我家客厅里来了一个人高马大的美女。她说她是本地现代舞总教练（听起来很像林冲，总教头），她说诚心向我求教，请我去教她的团队老师和学生。我一时间很不好意思，推了半天才推脱了。多少年后看邓肯，当时的舞蹈翩跹，也是那一类吧。

中国有过一个文学年代、诗歌年代，恰逢我们上大学。当年某晚，文学社社长对我说，晚上有烛光诗会，你来吗？

当时除了古诗，我只看得下里尔克和穆旦，又想起月光下的烛光，草地上的夜风，风里的低吟。也有过一个音乐年代，满大街都放着高晓松和老狼的《同桌的你》，女生穿着牛仔裙，手插在兜里，夕阳西下，长发飘飘，一条县城的街也走得浪漫起来。我时常沿着夕阳余晖，走去小街巷里淘碟。

碟店不大，一个门面，常常挤得要炸。店主如果在今天可以做个收纳达人：11 平方米不到的小店里密密麻麻摆了 12 个碟架子，一层又一层，人还可以在里面灵活转身，令人叹为观止。我记得最上一层总是摆着欧美流行乐，最新的格莱美获奖作品等。往下一层就是港台巨星，谭咏麟、童安格、"四大天王"等。再往下是民族歌手。老板应该是认得我，见我就从碟架下层努力地掏，有时候是一张蔡琴，有时候是罗大佑，有时候是爱尔兰长笛，或者黑管，或者 Leonard Cohen，我基本照单全收。有次他端出一套卡拉扬指挥的贝多芬全集，为难坏了我，因为一套竟要我一个月工资。我也不是最喜欢贝多芬，犹豫了很久没有买。结果这一错过，10 年里，每次想起来都后悔：曾经我遇见过一套卡拉扬的贝多芬……为了弥补这个缺憾，后来我买下了一大堆企鹅三星的碟，然而我还是会郁闷地想，曾经我在一条街上，错失过一套卡拉扬的贝多芬全集。

春日笛

早上吃到一种蜜一样甜的柑橘。

兰花香的岩茶。用山泉水泡。

冰糖味道的白花枇杷。

正好放到一首笛子曲：《南韵》。

以前我不爱听笛子，总觉得俚俗。笛子在古乐里，比如昆剧中是主伴奏，近代却沦为乡人之曲。近些年，整理的曲子多，作品多，搜索容易，发现了不少好作品。江南派的笛子诸多韵味。

昆曲里最重要的伴奏乐器是笛子。《袅晴丝》一曲，笛声如柳丝，飞扬上高空，直上流云，又如柳丝，摇曳在阳光里，散乱如麻。春光乱，笛子似乎天生适合春日，生机勃勃、明亮的音色，万物生长，高的光、低的风，满世界的草，纷纷繁繁的花，摇曳的杨柳丝，四处散落的野舟。春水潭上探出来的杏花，惊心的红。一只斑鸠在屋脊上转动脖子。地铁边女孩子飞起来的裙裾和发丝。笛子的世界，一个完整的春日，时刻发生。

古人的精神世界在于思和赏。前者获得精神力量和世界认知，后者获得愉悦和生命乐趣。思则遨游四海，穷宇宙之理、天机之要。只是东方人尤其中国人过分注重于赏，思之过少，

多情故我

学而不思则罔，数千年来罔于茫然中。

我也是个不好思而好赏的人。春日好，赏枝上小桃东风，是好时刻。

笛子最初是竖吹，后改为横笛，又名横吹，汉乐府里有"横吹曲辞"，即指笛子伴奏的诗。唐时笛子有大横吹和小横吹的区别。竖吹的篪才被称为箫，横吹则称为笛。唐朝吕才，制"尺八"，竖吹，后传入日本，我时常觉得这个名字有味。樱花时节，立于樱花树下吹尺八，樱花如雪，簌簌落，苏曼殊在《本事诗》中写道："春雨楼头尺八箫，何时归看浙江潮？芒鞋破钵无人识，踏过樱花第几桥？"着实风流。尺八若改作笛子，便无此味了。同样的例子还有李商隐的《锦瑟》："锦瑟无端五十弦，一弦一柱思华年。"五十弦为锦瑟，尺八为箫。五柳是隐，三径种菊。各得其宜。

日常所见的笛子有多种。昆曲里的是曲笛，声音明亮又高扬，我个人觉得《牡丹亭》里《袅晴丝》一首演绎得最典型，确乎摇漾春丝如线，明媚多姿，也高得可逗彩云偏。

还有一种是梆笛。梆笛声音短促，音色亮而调高，前日看《大明宫词》里说到太平初见薛绍，背景配乐里一声笛子惊心，我没细听过，当是梆笛。

一种叫中音笛，是我们日常所见的竹笛吧，我儿时买过一根——笛子的好，在平凡易得，携带方便，孩童也买得起——只是我吹了半天，鼓得腮帮都疼了，也吹不出一声，便放在案头做观赏之物。今天我的房子里，一个书房放一架古筝，一个书房放一个架子鼓。赏只是个心境，何必诸事皆通？陶渊明道："但识琴中趣，何劳弦上声？"

　　国外有种笛子叫风笛，我特别喜欢。苏格兰风笛、爱尔兰风笛，风笛的设计体现了西方和东方的思维不同：东方人的笛子，削一根竹子镂刻，或者找一块美玉，耗时耗力、费尽心思雕成，虽只是个器物，尽显赏之乐、匠之工。吹笛的人要日复一日，用气去吹。西方的风笛则是做了个气囊，把灌进去的气用活瓣或鼓气装置推送。西方的风笛利用机械原理，把灌满的气接连不断地压送到鼓簧部位发声，风笛一吹起，不到曲终不会停下，好像海边的风，一个劲地吹，直到风息——不会有断断续续的风，或骤然停止的风。

鹧鸪飞

　　陆春龄先生的《鹧鸪飞》是宜春日听的，陌上花开艳艳，杨柳高白马嘶，碧波涟涟。春游踏青，或一人，闲行柳下，田头岸边，执竹笛且行且吹，伴着夕阳，信步而归；或多人，坐于花下，酒香茶冽，笑语喧哗，有人吹笛，调到高处，满场喝彩。陆春龄先生的曲就是一只活泼泼的鹧鸪，飞上了春日的天空，忽上忽下，一个左冲，碰得碧玉妆成的柳飘飘摇摇，一个右旋，钻入白云深处。

　　雨日或秋日宜听赵松庭先生的《鹧鸪飞》。微雨空蒙，雨打梨花深闭门，在案上沏茶、调香、翻书、看画。寂寞空庭，春又欲晚时，听赵先生的《鹧鸪飞》曲，曲调一起，时间之门拉开，通向那个美的废墟："越王勾践破吴归，义士还乡尽锦衣。宫女如花满春殿，只今惟有鹧鸪飞。"哀伤不尽，又典雅悠扬。这曲《鹧鸪飞》根据此诗而成，李白的诗，凄美里有清越，如头顶之月，坠落时流光溢彩。美的事物毁灭后遗留的依然是美。世人为何要参观罗马废墟？追忆壮美的毁灭，感伤美的不可重生、不可替代。这是西方文化里最为推崇的悲剧美。

　　赵先生的《鹧鸪飞》是一种悲剧美，陆先生的《鹧鸪飞》则反映一种东方人热爱的喜剧美，从流传程度上看，喜剧美

《鹧鸪飞》是远胜于悲剧美的《鹧鸪飞》的。

陆先生的《鹧鸪飞》是一幅栩栩如生的工笔：一个调长，鹧鸪伸出了翅膀；一个促音，鹧鸪飞上云端……可谓尽摹物之能。赵先生则是在款款低回地讲一个故事，那个故事源源道来，又不能道尽，只有荡气回肠，全曲就是一种心情。

《鹧鸪飞》是湖南民乐，就是那个屈原写下《九歌》，长剑路离，踏歌而行的地方。最早见于1926年严个凡编写的《中国雅乐集》。最早用箫，经两位先生改进，遂成笛子名曲。纯用江南丝竹，赵先生的演奏加入了昆曲元素，可说是"最江南"的曲子——陆先生表现的是快乐的江南，赵先生表现的是悲哀的江南。

梦江南

"兰烬落,屏上暗红蕉。闲梦江南梅熟日,夜船吹笛雨萧萧。人语驿边桥。"

江南是诗词的梦乡。中国古典诗词,是中国人最美的梦境。此词以"梦江南"为题,写得唯美至极。梦在中国人的精神世界里,充当了十分重要的角色,梦里承载着精神世界最美好的部分,有时是追忆,有时是想象。中国人最著名的一个梦是庄子的"晓梦迷蝴蝶"。"庄生晓梦迷蝴蝶",我是蝴蝶,蝴蝶是我,在梦里他化身为蝶,身轻如羽,遨游太虚,尝到了自由的快乐,醒来后,觉得梦境的美好真实过枯燥乏味的人生,故此生发出疑问:我是蝶,还是蝶才是我?另一个著名的梦是《牡丹亭》里的,在梦里打破了时间、空间界限,上天入地,寻觅真爱,情不知所起,一往而深。

西方人向外探索宇宙奥秘和整理规律,东方人则注重内心感悟,在中国人这里形成了一种天人合一的宇宙观和极度唯美的精神世界建造。于讲究内心体验的中国人而言,追索内心世界的宁静和深思,建构一个不同于或者超乎现实世界的精神世界是其一生的精神追求。梦也是其中的重要表现形式。皇甫松此阕《梦江南》正是这样的例子。

这是我最喜欢的江南词之一，和我同样喜欢的韦庄《菩萨蛮》可以一起解读。

　　兰烬落，屏上暗红蕉。闲梦江南梅熟日，夜船吹笛雨萧萧。人语驿边桥。

——《梦江南》

题为"梦江南"，所写多是梦中所见，所思。"梦"是题眼。

　　人人尽说江南好，游人只合江南老。春水碧于天，画船听雨眠。

　　垆边人似月，皓腕凝霜雪。未老莫还乡，还乡须断肠。

——《菩萨蛮》

《梦江南》的开篇不是梦，不是忆，是在眼前的鲜活现实。"兰烬落，屏上暗红蕉"，此是现实景，眼前时空，我百无聊赖，寂寞孤独，长夜里看着烛火渐渐熄灭。一种寂寥。烛火摇曳，渐渐微弱下去，屏上的红蕉也在光线里黯淡下去。我的心也渐渐迷失。有一句诗说："曾是寂寥金烬暗，断无消息石榴红。"唯有寂寥，唯有不知所往的思量。

夜是寂静的，有潇潇雨声，笛声悠悠，天地间一片和谐，船行到驿桥边时，听见有人笑语。这是此阕小令的全部内容和美好。

小令是词里的珍珠，是一个天然浑成的情感世界。一阕小令能达到的艺术高度，取决于其在短短几十字内构建了什么样的精神世界，有多大的情感容量。小令词家中最为人称道的李后主，以"问君能有几多愁，恰似一江春水向东流"，把情感容量提到最大限度，取得高超艺术成就。另一位名词人晏小山则擅长在小令里抒发情感，写就深情唯美的爱情故事。

《梦江南》则构建了唯美的世界。一看此阕词，立时进入词人的情感世界。烛火渐渐暗了，红蕉黯淡了，一个充满寂寥的当下现实，心灵渴望情感，魂灵飞去江南——之所以飞去，说明梦牵魂绕，无时或忘。这个江南，是千百次在夜里被思念起的。这个江南，带有强烈的梦幻感觉，并无多少景物实写，更多只是一种感觉。

同样说起江南，韦庄像个话痨，或者说画家，滔滔不绝，说江南有多么好：江南的水美，"春水碧于天"；江南的日子，"画船听雨眠"；江南的人多么美，"垆边人似月，皓腕凝霜雪"；"我"多么热爱江南，"未老莫还乡，还乡须断肠"。用了明亮的语调，大声地说出来，一个异乡人，把江南当作故乡。念此阕词时，桩桩件件，令人神往，这是一阕艺术水平高超的江南词。

而皇甫松的小令，却宛如一声由美引发的幽微叹息和缠绵深挚的思量。他的梦中，江南梅雨，夜船听笛雨潇潇，并无鲜明的景物，只是声音的记忆。我以为，皇甫松的高明，正在精妙写出了声音的层次和感觉。诗人词人用色彩或画面叠加，递进展示情感的比较常见，比如王维诗句"漠漠水田飞白鹭"；但单纯用声音逐层递加展示情感的极为少见，甚至有可能是绝无仅有的例子。皇甫松的梦中江南，笛声、潇潇雨声、人儿笑语，全部由声音组成，并无画面，宛如通感，置于梦境使画面更朦胧唯美，在虚与实之间。中国人写景，喜欢虚实结合，以实提示虚，以虚铺展想象。此阕词却打破了虚与实的分明界限，虚实难辨，朦胧又清晰，恍如印象派作品，只是记忆，只是感觉，却清晰。文学史上虚实相生的作品数量不多，但大都达到极高水平。

雨　落

闽南罕见地下了两天雨。

雨落，心情就旖旎，徜徉。远近的院落，江南的乌篷船，落花，湿润的柳色，在雨声里冉冉而来。

下雨天，听听竖琴、箜篌、扬琴都是很不错的事情。如春光未满，亦可听竖琴，音色柔和美好，宛如柳色初青，江风淡淡，春光渺茫，一曲竖琴听完，人未至江南，江南已在窗外、眉间、心上。

竖琴的音色也宛如江南春雨，节奏轻而悠扬，细细斜织，水光潋滟，纤指挥洒处，江声不断，柳烟如梦。一曲尽了，余音袅袅，江上数峰青。希腊人独爱竖琴，文艺女神缪斯的乐器，大约也是竖琴，音色里有无尽诗意。竖琴是人类的一扇情感之门，门里有希望，有过往，有轻淡喜悦、渺茫惆怅、无尽憧憬。若遇急雨，宜听扬琴，急雨打芭蕉，一声一滴，叶叶心心，打落梨花深闭门。在我看来，扬琴是无情感色彩的乐器，雨滴如急骤，也是了无情感的，你听，天地间的节奏，敲打，轻轻，为了唤醒你的心，提醒你，忘记一切，天地之间，你只是你，和一棵屋檐下静静绿着的芭蕉，和奔流的江水，并无差别。

听箜篌需要在特别的时间和地点，我喜欢风清月白的秋夜里听箜篌。"吴丝蜀桐张高秋，空山凝云颓不流"需要一座高楼，下面有江水滚滚，弹箜篌的人倚高楼而立，月光如水如玉，静寂，迎江风，弹箜篌。真正的箜篌是如何的？"昆山玉碎凤凰叫，芙蓉泣露香兰笑"，这般哀艳我并不曾真正聆听过。作为都市人，能在一个风清月白的秋夜，看冷露无声滴桂子，听一曲箜篌，已经是我努力挣得的活着的好姿势了。

少时不喜古筝，觉得是浮艳器乐。想来当时的我，心如青莲，目下不染尘，人世间的一切俗情凡绪尽皆疏远，心上只有一架古琴，好其琴音泠泠，雅正高远，演奏时风流不着一物，目送飞鸿，手挥五弦。如今红尘浸染，看尽五毒，倒觉得任何一种乐器皆有可入耳处，古筝亦然，回韵有余响。古琴是白石上清泉，明月松间照，古筝是沟水东西流，无尽西复东。下雨时听古筝也是有意思的事情，可以边喝酒边纵情调笑。弹古筝，最好在荷塘边，看红绿妖娆入画，波光水色相映，喝一杯酒，弹一曲《出水莲》。赏心乐事谁家院，古筝是适合良辰美景的。"银字笙调，心字香烧"，而古筝是家常的，适合佳人公子共乐。

西方乐器里我最喜欢大提琴、小提琴还有长笛。大提琴听惯了杜普雷，也就阿尔萨斯这种不同风格的古典能听一听。小提琴名家太多，依次听就可以了，比较突出的是帕格尼尼。长笛则分为爱尔兰长笛和苏格兰长笛，我喜欢爱尔兰长笛。

世间乐器各种好，却再无一种乐器，可以弹奏出雨落。

有时候，世间还有一种音乐，如庄子所言之天籁。登高山，见浮云，有清风送松涛，还有几里外的清泉声。有时端坐在盛开的花树下，静寂之时，可以听见花瓣绽开的细微声。一声可涤十年尘梦。

多 情 故 我

第五辑：春韭秋菘

我没有在竹林里烧过笋。这是有讲究的，林边鲜。我是
看书看到一则故事——春天到了，好吃的苏东坡想起住
在竹林里的好朋友文同，愤愤不平地写信给他，问他：
你现在在竹林边烧笋吧？言下之意，有好吃的也不叫
我。确实，有好吃的不叫吃货，是最不仗义的了。过了
一千多年的我，也被这春天烧竹笋的香气惊动，日日想
找个竹林烧笋去。还可以在火上架了竹筒，煮竹筒饭、
竹筒鸡。

春韭秋菘

　　中国古代最著名美食典故，大概有二：一是莼鲈之思，二是春韭秋菘。前者是《晋书·张翰传》说苏州人张翰在洛阳做官，"因见秋风起，乃思吴中菰菜、莼羹、鲈鱼脍，曰：'人生贵适意尔，何能羁宦数千里以要名爵乎？'遂辞职挂冠而去"。张翰也因此稳居中国吃货榜一千多年。

　　这般任性行为，令身在名利樊笼里的人十分向往，每个人想念家乡美食时都会提他一嘴。辛弃疾在《水龙吟》里道："休说鲈鱼堪脍，尽西风，季鹰归未？"想归去便痛快归去，想食便大快朵颐，人生在世，称意不过如此。鲈鱼是江东美食，未必人人可到江东，但另一种美食春韭，却是大江南北，长城内外，人人可致的。"春韭秋菘"一词出自南朝人周颙，他隐居在山里，种菜吃素，当时太子看他的生活如此乏味，觉得不可思议，问他："蔬菜中什么最好吃？"他说："春天的韭菜，秋天的白菜。"

　　从此"春韭秋菘"成了中国美食代名词之一，去翻看当今美食书中排行榜，也时见以"春韭秋菘"作为书名的著作。春韭秋菘之所以美，在于春，在于秋，应季而食，方为大美。春天一到，我们韭菜要吃起来。

说起来韭菜几乎是一种国民菜，它容易生长，四季皆发，也不大择地，南北皆有。外号叫作懒人菜，一次种下，割掉吃完再生，一派懒人自有懒人福的模样。《本草纲目》作者李时珍这样描述韭："丛生丰本，长叶青翠"，"剪而复生，久而不乏"。"韭"同音"久"，暗寓"久"之意，一茬接一茬，收取不尽，因此韭菜也被称为"长生韭"。它又不是一般清秀文雅的蔬菜，虽然它长得纤细文弱，却气味浓烈，状如刀戟，英气不凡。它在佛教里被列入荤菜，禁止食用，是蔬菜中的另类，也被儒家视为"五辛"，可以说是女子里的红拂、行人里的侠客，一见面，气势逼人来。

　　韭菜四季皆生，但最好在春天食用：一方面是韭菜"春食则香，夏食则臭"，春天韭菜娇嫩鲜美，香气四溢，是上等菜肴；另一方面是依照《黄帝内经》里提到的春夏养阳，春天最主要是要补阳气，阳气不足则百病生，讲究养生和适时而食的古人，在春天就大食韭菜。

　　春天始，则阳气渐长，刚种下的韭菜，青翠欲滴也和阳气一起生长。日子足了，执剪刀剪下，放在水里，洗去泥土，一青二白，似一幅水彩画，此时便可以入厨烹制，举箸入食了。韭菜自身带有的浓烈香气，鲜嫩口感，只需用油轻轻一炒，便香气四溢，勾人口涎。

　　韭菜的食法，南北方不一样。北方的韭菜是饼和面食的忠实伴侣，如韭菜鸡蛋饼、韭菜饺子、韭菜包、韭菜盒子。在北方长住的南方人我原本挑食，也觉得任何面食，只要裹上韭菜馅，便可入口，很美味，皮越薄越好。东北菜里的韭菜盒子就

　　　　　　　　　　　　　　　　多 情 故 我

是一例，据说我们的前首富一口气能吃十几个。韭菜饺子，春天韭菜切得碎碎的，混入虾米皮，包上饺子皮，上笼蒸熟，轻轻一咬，一个春天的鲜都在这一口里。

也许因为土壤的水分含量不同，北方韭菜比南方的硬些，也干瘦些，不如南方韭菜鲜润明妍。南方韭菜在春雨里着实是一幅好景致，叶子吸了雨露，泛着翡翠一般光泽，绿意灼灼，流光映人眼。《红楼梦》是古代审美标本，在大观园里有个特别的地方——稻香村，曹雪芹还写了一首诗："一畦春韭绿，十里稻花香。"春韭之绿，竟如有凤来仪之庄严，潇湘馆细竹之清幽，江南烟雨杏花之迷离，同为常被诗之歌之的上好景致，在大观园里占有一隅之地。南方韭菜比北方韭菜肥美，上好的南方韭菜，根部如白玉，以长为佳，叶子似翡翠，阔者为佳。

南方人做韭菜，似乎只有一招：炒。千叶丝炒韭菜、韭菜炒香干、土豆清炒韭菜、韭菜炒蛋、素炒韭菜……"炒"字是南方人韭菜料理的灵魂。由于韭菜的香气浓烈，用炒可以激发它的香气，又不杂入其他，大火爆炒，最大程度保存韭菜的鲜美。别的配菜也最好做个辅佐的臣子。春天一到，一盘翠生生的炒韭菜可配饭，可佐粥，既可上大雅之堂，也入平常百姓家。南方人做韭菜，只有一个不炒的例外，就是春饼，也是可用韭菜馅的，把韭菜、豆芽、肉碎、虾仁用油过炒，包在春饼皮里，一口咬下，名为咬春，也是名副其实，名列我爱吃的食物前十。

千年前，杜甫提笔写下："夜雨剪春韭，新炊间黄粱。"他的诗一贯深奥晦涩，此句却平常从容，隽永深情，赠给卫八处士，"人生不相见，动如参与商"，他们是彼此挂念的朋友，阻隔千里，20年岁月恍如一瞬，不尽沧桑意，多少深挚情，只在不言中。20年岁月，别后的无尽思念，明日又别的相见难期，都比不上今夜，夜雨里剪下春天的韭菜，用新出的小米煮粥，我们一起欢聚，我们的友情如同春天的韭菜、新出的小米，清新香浓，在岁月里历久弥新。夜雨无声，举箸长谈，夜雨剪春韭、人生得一知己足矣，世事茫茫、山岳重重又如何？厚厚一部杜诗，充满山河破碎的呻吟，人生无常的感叹，贫困潦倒的忧患，也有这么一个夜晚，在文学史上散发着春天韭菜的清香。人生是个大命题，时代生来无可选择，凡人如我们，只能珍惜当下时光，春天来了，在夜雨里剪下春韭，放上小河虾，炒一盘鲜，酌一壶酒，对着朋友、爱人，灯光温暖，絮语浮生。

吃　笋

　　春天最好玩的事情是什么呢？约一群人，找一座竹山，把地上的竹叶收拢了，烧火。又扒出春笋，整个放进去煨，等熟了，香气透了，剥开直吃——记得带几壶酒，一只烧鸡。大家伙儿团团坐在竹林边，看春天的山，吃一嘴烧笋，喝一口酒，直到黄昏。

　　我没有在竹林里烧过笋。这是有讲究的，林边鲜。我是看书看到一则故事——春天到了，好吃的苏东坡想起住在竹林里的表兄文同，愤愤不平地写信给他，问他：你现在在竹林边烧笋吧？言下之意，有好吃的也不叫我。确实，有好吃的不叫吃货，是最不仗义的了。过了一千多年的我，也被这春天烧竹笋的香气惊动，日日想找个竹林烧笋去。还可以在火上架了竹筒，煮竹筒饭、竹筒鸡。我从小挑食，不爱吃纯素，不爱吃纯荤，但爱吃竹笋炒猪肉。福建竹笋不多，儿时只见几丛长在溪涧的峭壁上。春天开始，一天要去看三四回，去得早了，笋还未冒头，去得迟了，已经老了，或者被人采走了。大约是从采竹笋开始，我才知道有种情绪叫患得患失。

　　一夜下了雨，第二天一早妈妈赶到竹丛去，折了竹笋，用竹筐挑回来。笋十分金贵，据说不能沾刀具，一沾笋就老了，

155

也不能沾冷水，会涩口。捻着指尖把笋剥了，嫩生生、白莹莹，看得人心里发软。妈妈烧一大锅水，把嫩笋飞快烫了，装入白瓷盘，旁边放一碟最好的酱油。用手拿着笋，蘸酱油吃，一口啃下去，又嫩又鲜！

竹笋最好吃的做法是白灼，但笋要嫩，惊蛰长出的竹笋可以这么吃。第二场春雨后长出的竹笋，就不能这么吃了，后长的竹笋，一般比较大，皮又厚点。我家喜欢的做法就是料理汤水，这点和宋朝人有点类似，就是切片煨鸡汤。一般我抢着切竹笋，竹笋要切得不厚不薄，看起来优雅大方，鸡汤才入味，煮久了也不残破，做好端上来，黄的鸡汤，白的笋。鸡汤是荤里的鲜，竹笋是素菜的鲜，两鲜相逢，做家常汤水，是很适口的。

后来长大，市场上笋也多了。春天到夏天，桌上罕有不见笋的，笋炒猪耳朵、竹笋炒咸猪肉、竹笋炒鸡蛋等。炒鸡蛋的竹笋不能切片，要剁成丝状，炒起来才能让蛋包着笋丝，用猪油炒了，香得诱人，咬进去，又鲜嫩。每次竹笋炒蛋，我总是用大勺子舀了，混进白米饭，一个菜就够，吃得满嘴余香，停不下来。过了夏天，就没笋吗？有一种冬笋。上面说的竹笋炒蛋，常常就是用冬笋做的。我从小到大，冬天一到，只要桌子上有一碟冬笋丝炒蛋，眼睛里就看不见别的菜了，除非是银鱼抱蛋。

竹笋炒什么都好吃。江浙人，甚至四川人包括苏东坡都爱把竹笋拿去炒肥猪肉、咸猪肉，觉得素和荤搭配，特别鲜。苏东坡不能重生，否则我要请他吃一道更好吃的竹笋炒牡蛎——竹笋炒猪肉固然香，但是猪肉的油腻有点损却竹笋的清鲜，而竹笋炒牡蛎是蔬菜的极鲜遇上海鲜的极鲜，强强组合，一硬一软，一山一海。

竹笋炒牡蛎，对厨艺要求很高，还需要一种菜做中和，才能把这道菜炒得既鲜又咸，吃牡蛎时想吃掉舌头，吃过竹笋直舔嘴巴，就连菜盘里的一点汤汁，浇在白米饭上，也能让人吃完一碗饭意犹未尽。我吃过日本的梅子茶泡饭、海胆饭，实在不能相比。

冬笋外，还有酸笋，说酸笋其实是苦笋。福建人、广西人爱食苦酸之物，比如苦笋酸笋，我亦是其中一员。人间有五味，不能尝到酸笋苦笋，味觉世界便少了一角。

《红楼梦》写到，薛宝钗生病，宝玉去探望时，觉得一道汤品鲜美异常，于是连喝了两碗。什么汤能让宝玉喝两碗？就是我说的酸笋鸡皮汤。一本《红楼梦》看下来，这是宝玉胃口最好的一次。

酸笋长得像金字塔，很大，又长，淡黄色。在市场里看见卖酸笋的摊子，特别有趣，一大盆，酸笋浸在水里，水都是黄的，酸笋像冰山一样露在水面上，高矮不一，错落有致，简直成盆景了。长的酸笋足有一大脸盆大，我买酸笋时，喜欢长的，上截多，比较嫩，但也有人爱吃老的，特意买粗短的酸笋。

我家通常买长的炒大肠，买粗的煨鸭子。长的切成指头粗细，用大火熟油炒了大肠，淡黄的酸笋，金黄发赤的大肠，又酸又香，又香又酸，一筷子下去就停不下来。

把粗短的酸笋切片，炖鸭子。炖到鸭子皮松肉烂，全部脱落在汤里，酸笋才入了味，夹一块，吃起来，心里那叫一个美。酸笋因为酸，过夜也不坏，所以家里逢年过节做酸笋，都是一大盆、一大锅，炖好了，啥时想吃，揭开锅盖就是，可以就稀饭，可以就干饭，可以下酒。吃多了肥腻之味的肠胃，喝一碗酸笋鸭汤，惬意。宝玉爱喝酸笋鸡皮汤，也是这道理。

我读书时第一次到桂林，坐船沿漓江而下。江边连绵是绿竹林，直让船上的人赞声不绝：美啊！

我心却想：有好多竹笋吃。

果然，住下了读书，大饭店，小饭馆，米粉店，少不得的是竹笋。桂林的竹笋，主要是酸笋，原料是一种毛竹的笋。米粉店里，用开水把粉条焯熟，放上酸笋、酸豆角，竹笋当饭，快活无边。

童年的甘蔗林

　　前不久买了古法红糖，一边吃，一边想起了小时候的甘蔗林。今天又听人说正宗蔗糖是黄色的，我有点困惑。

　　小时候我们那遍地甘蔗林，我家门前正对面有一大片甘蔗田。绿色叶子直直向上，在晨风里闪烁锐利微光，风一吹哗哗作响。夜晚时候溜到甘蔗林去乘凉，斜生着的甘蔗好像一张绷床刚好适宜躺着，躺在上面咬一根冰棍。时间一长，眷恋上这种感觉，每顿晚饭都要端着碗坐在甘蔗树上吃。妈妈也不生气，她很理解我喜欢坐在甘蔗林吃饭的心情，便让我坐在甘蔗林吃晚饭，每天端了菜过来，任我吃到甘蔗都被折去为止。温柔的妈妈说，这里真的很清凉，甘蔗林像青纱帐一样，很美，可惜她是大人了，坐上去甘蔗会断。

　　甘蔗林是一个小世界。甘蔗长得像竹丛一样，根茎纵横交错，搭成现代建筑的各种几何造型，小时候如果能多看几眼，今天我也可能是个厉害的建筑设计师了。甘蔗的根部长着小野花和毛茸茸的绿草，里面是蟋蟀、蛐蛐儿的窝，它们一会儿就蹦出一只，弹簧一样啪啪往外跳。有时候下了雨，水滴顺着青色叶梢滴落下，有蚯蚓在湿润的土上挣扎，扭动，老半天终于钻进土里，不见了。甘蔗有紫红的皮，有青色的皮，少数是黑色的皮，滋味略不同。爸爸喜欢吃红皮甘蔗，我喜欢吃青皮甘蔗。妈妈则什么都可以吃，还得负责帮牙不好的我咬掉甘蔗节。大多小孩只能吃肉质细嫩的黑色甘蔗。三种颜色的甘蔗交错着生长，横七竖八，色彩绚烂，有现代派绘画的强烈视觉冲击感。

　　甘蔗茎秆上面就是笔直的绿叶了。很少有植物的叶子像甘蔗叶子这般翠绿莹然，甘蔗叶子的绿色大概如朱自清笔下的梅雨潭的绿，是峡谷峭壁上一半阳光一半雨雾的野草颜色，它们长高起来集合在一起时，风一吹，仿佛春天一湖绿萍映着碧水，流光溢彩。叶子和叶子之间轻轻撞击，发出噼里啪啦的轻响，不亚于敲击乐器演奏的乐曲，是我听过的世界上最令人愉悦的声音之一。若干年后，我在和田玉店里，两块玉玦相互敲击，发出悦耳琅琅声音——古代尤其汉代人用这样的方式，踏歌起舞，表达他们的快乐，克制而优雅——我突然想起了童年时坐在甘蔗林里，听见风吹过甘蔗叶的声音，叶子哗啦作响。风起于青蘋之末，声音由小及大、从低到高，声浪宛如波浪，随着摇曳的绿色夜浪，一圈一圈荡开去，一圈一圈旋转上来，慢慢又低下去，在炫彩的根秆上打旋，慢慢化无。坐着静静看，有时候会看见最后一个不知是风浪还是声浪绕着一朵小黄花旋转，伶仃小黄花颤抖不已。最终一切归于静寂，甘蔗林宛如凝固一般安静。甘蔗林太密，没有风时，分外静寂，气息也停止了。动和静的极致，很小的我是第一次从甘蔗林里体会到的。

　　甘蔗林最美的是夜。到了炎热似火的夏天，风扇出来的风也是腥热的，钻进甘蔗林，立马凉爽清寒，一身舒爽。躺在甘蔗上，透过叶间的缝隙看深蓝天空，月光如水从青纱帐空隙流泻而下。月华经过青纱帐的筛洗，分外洁净轻柔。我每每歪头睡着了，直到被露水淋醒才回家去。后来甘蔗林终于被砍了，种上了白蒜，妈妈有一天在饭桌上说，太好了，这样她就不用担心我在甘蔗林里睡觉时遇见蛇了。其实她的担心是多余的，在喜欢吃蛇的土地上，有一条蛇探头早被人捉去吃了。说到底，我也只拥有过一年甘蔗林的童年。

甘蔗林实在是童年时的游乐场。可以搭建小房子，过家家，甘蔗秆是天然的建筑框架，小孩子钻在里面，掐几片叶子，找些小果子，摆放在地上，就是过家家的四菜一汤。男孩子更喜欢了，叶子天然是宝剑，折秆可以当枪、棒，玩打仗，镇日围着甘蔗林进攻撤退，潮水一般。打完还可以把"枪""棒"直接吃掉。捉迷藏的大本营也是甘蔗林，往里面一躲，怎么找得到？宛如迷宫一般。白日甘蔗林是热闹非凡的，我们每天围着它打转，在里面钻来钻去。粗大一点的甘蔗可以攀下来荡秋千，小皮猴似的男孩挂在上面葫芦一样晃荡。几根粗的甘蔗长成一排，又可以做天然的滑梯。一片甘蔗林在我们小孩子眼里是迷宫和宝库，在我们玩具匮乏的童年，它是自然给我们的馈赠。

折甘蔗时大人都下田了，我也跑前跑后地跟着。大人折甘蔗，有时用镰刀劈，大部分时候是两手轻掰，甘蔗就连根断折，折口处溅出透明汁液。我用九牛二虎之力也掰不断一根，挥镰刀也挥不动，但锲而不舍，最终一般能折断两三根甘蔗。

大人摸着我的头说：这就给你带回家吃吧。

折完甘蔗，大人开始扎捆，把甘蔗码齐，用水草编的绳子捆好，整齐地堆到卡车的后车厢去。一捆叠一捆，一捆叠一捆，在卡车后面叠得小楼高，用脚使劲踩和踢，甘蔗山纹丝不动。甘蔗堆码好后，最兴奋的时刻来临：我们要进城去，把甘蔗送到甘蔗厂里。在我的央求下，大人抱着我坐到了高高的甘蔗堆上，一路开车进城去。

一路过去，房子、村子、小桥，路遇的自行车、小汽车尽收眼底，山山水水不断后退，延绵不断，山风清凉如梦。村庄、河流梦幻一般飞过，坚实的是脚下躺着的甘蔗。我想，国庆阅兵大概也是这种感觉吧。坐敞篷跑车的快感或许也是源于此。

折甘蔗始于初秋之时，车沿着公路奔跑，路旁满是芰荷翠叶。荷塘这样长，弯弯曲曲接到天边去，车跑到尽头时荷花已经凋谢了，结了深绿的莲蓬。进城了，看不见绿色的田野，接上一条河面宽阔的大江。江水清凌凌的，一波荡一波。沿着江开到一个大铁门。甘蔗厂是当时附近唯一的工厂，烟囱高耸，吐着火舌，像童话里的恶魔城堡发出轧轧轧的巨大怪响，甘蔗进去一会儿就扁得不像甘蔗出来，一捆捆像白色的纸条，汁液小瀑布一样流淌到凹槽里，一会儿就满了……回去的路上，大人在认真争论哪一种颜色的蔗糖最正宗，我听着听着就在爸爸的腿上迷糊睡着了，所以到今天，我也还不知道，到底是黑色蔗糖还是赤色的蔗糖最正宗。

猪油捞饭的岁月

前几天在楼下做饭。

五花肉、南瓜和几种菇，加上一条鲫鱼、白萝卜等。把南瓜切块准备做我爱吃的南瓜咸饭。五花肉买得有点多，切了薄片，又怕油腻，放在锅里炸半天，竟出了半锅油。把油倒起来储存，就是猪油啦。先把余下的五花肉和南瓜一起做了一盘咸饭，又做了我喜欢的银丝鲫鱼汤和杂菇乱炖，再做个凉盘，算是一顿便饭了。心下窃喜，有一盘猪油了，可以吃猪油捞饭了！

我不知道蔡先生的猪油捞饭和我小时候吃的是不是一样。

我小时候住在一个叫船场的地方，顾名思义，就是船很多的地方。家乡靠海，有些红树林。小时候爱跑来跑去，山上摘野花，海边捉小螃蟹，飞过白色海鸥就惊奇地叫起来。就这样过着无忧无虑的童年，海风里，金色阳光洒在头发上，远处的船，响着汽笛，近了，又远了。

父亲担心我变成野孩子，送我去上学。我高兴地去了。学校离我家不太远，背着小书包，走过长长石块铺着的巷子，皮鞋在石头上发出清脆的声音，响彻一条路。路旁的墙上长满灰绿色的苔藓，好像是树林。后来念诗句："应怜屐齿印苍苔"，我一下子就懂了。

　　年纪很小，浑浑噩噩地念书和考试。只有一件事记得住：每逢期末考或期中考，我妈妈就会一早起来给我做猪油捞饭。平时从来不给我做。我因此爱上考试，开学时就翘首以待期中考，期中考完就踮着脚尖盼期末考。除了考试那天可以吃到，如果我拿了双百，妈妈也会给我做猪油捞饭。我每次考试都异常努力，要拿双百，好端着一大海碗的猪油捞饭慢慢吃。当时没发现，其实吃货的坯子那时已具雏形。小时候我极其挑食，妈妈觉察了我对猪油捞饭的非凡热爱，在她的利诱下，我小学几乎每次考试都达到了双百。妈妈做的猪油捞饭刚开始吃，差点一口咬掉碗边，吃到最后还舔碗底。今天我也学会了这一手。

　　我出生那一年中国刚改革开放，之前物资很匮乏，我和姐姐刚出生时都像瘦弱的小猫。我因为有一个比别人大一倍的脑袋，加上比别人弱的骨头，走到哪都特别引人注目。眼睛比别人大，额头比别人高。我又挑食，从懂事起，记忆里可以吃的食物真少啊。这个情况似乎到了我小学二年级才开始有变化。

　　刚开始海鲜都是集体的。我们住的地方，海岸上一夜潮水涌来，会长满密密麻麻的牡蛎，螃蟹到处爬。海里不能光脚蹚，会被大蛏壳划伤。海底的大蛏真是太多了，开船出去，不到半天就捞一船带着泥沙的大蛏回来。还有鱼，多得成群结队，但因为都属于集体，个人不能动，不能私下捕捞，谓之海禁——我上小学之前，很少看到鱼类出现在饭桌上，能看见的只有一种咸鱼。

　　那种咸鱼我至今不知道什么名字，只觉得全身都是盐浸

　　　　　　　　　　　　　　　　　多　情　故　我

的，稍微咬一小口就皱眉头。偶尔妈妈会买来下饭，我一般只用筷子蘸一下。

还有一种豆酱，放在木桶里，时常有人挑着，走街串巷地卖，就是今天也还有卖的。到邻居家去，甚至走半个村，饭桌上超不出这两样，富点的一盘咸鱼一盘豆酱，穷的一盘咸鱼。我更瘦了。

许多在物质稀缺时代小孩子一见就眼睛转圈的菜，比如蘑菇，在那时简直是圣物，我却闻都不想闻——我舅舅种蘑菇，成麻袋往我家送，种了三年，送了三年。可不管妈妈怎么诱惑，说蘑菇炒肉如何香，我愣是一个蘑菇都没碰，挑食若斯。我就喜欢去蘑菇房玩儿：白房子，密封着门，悄悄进去，一屋子都是大木架，发着白色小花，密密麻麻。

海上实行海禁，市场上能见到的肉也少。似乎买肉全凭票供应，一村人一天分一只猪或半只猪哪里够？我又从小不爱吃猪肉，肥了不吃，太瘦也不吃，排骨都不是很爱吃，简直是最难养的小孩。就爱吃个猪腰子、猪蹄子、猪尾巴和猪脸、猪大肠这些，一年里头也买不到一两回。

幸好我父母手巧，流水价创造出许多美味。有时是一大盆的肉肠，做好了挂在竹竿上，一排排过去，情不自禁想起酒池肉林。吃完了就开始炸虾羹，即日本人说的天妇罗。我家正宗做法是挑选中等个的沙虾，包裹上面粉，在高温里炸，有个诀窍是面粉里还要加入一些东西，这样出来的天妇罗金黄晶莹，外皮又脆又酥，里面的虾又鲜又嫩。有时候可以包着牡蛎炸，也可以用花菜裹面粉炸，这几种是天妇罗里最好吃的。

有时候宰一只大鸭子，脱洗得干干净净，剁块，放到咸笋里熬，里面还加一点猪骨头。熬到汤色发白，用大盆盛起，没冰箱都不会坏。吃饭时舀一盆出来，一家四口，八支筷子夹得好勤快，一会就见底了，于是再盛一盆。鸭子当时市场上并不卖，多半是邻居家送的。我父亲经常去外地出差，回来时带着许多外地的干货，比如台湾米粉、东北黑木耳等，亲朋好友，一家家分送。于是我家也络绎不绝，今天有人送鸭子，明天有人杀猪就拎了一副大肠或猪腰过来，有时甚至能收获别人宰牛或者捞鱼的战利品分享。靠着这样的鸡犬相闻、互通有无，小学之前总算是过得还不错，上小学后，则放开了海禁，顿顿有鱼虾可食，和之前的匮乏比，真是判若云泥。

　　有时候我跟着下地。妈妈用一个箩筐挑着我，我坐在田头，看着河水，采花玩。妈妈锄田埂，一块又一块野草皮哗地倒下来，有时她突然高兴地叫我的名字，说锄到田鳗了。田鳗是一种又像鳗鱼又像蛇但都不是的不知名动物，据说流鼻血的人吃这个能止住。妈妈说它最好吃。炖汤清得像泉，少见，找也找不到，只能遇。当天晚上，妈妈就煮了田鳗粥，放我跟前，对家人说她流鼻血，粥给她一个人吃，大家别动！

吃　鱼

在南方海边长大，少不了三顿是鱼。

我 20 岁出省玩，人家问我，有什么发现？我想了想，答：第一次知道有羽绒服、棉衣；第一次知道有海鲜楼这种地方。

在我的老家，街上饭店密密麻麻，是找不到海鲜楼的。问他们，有海鲜吗？他们会发呆，一脸蒙地反问你：不吃海鲜吃啥？进去点菜，进门就是大厨房，看着像水族馆，一大排几层的玻璃柜子里，全是扑腾扑腾游来游去的鱼。柜子下面是大盆，一盆带泥的血蚶，一盆窸窸窣窣层层叠叠的绿色螃蟹，一盆弯来弯去交缠的鳗鱼。不用菜单，手指头点来点去，点完他们就去做了。玻璃柜里大多也就是那几种本地产的活鱼活蟹，吃了几十年好像并没有腻味。有时候老板也会一脸神秘地对你说今天来了条大的野生黄花鱼，或者说今天有河豚，要不要尝尝？

我们不大上饭店吃海鲜。去饭店就直接把车开到海岸边，海岸边有饭店，有的是石头房子，有的是木头棚子或竹棚，摆上木桌木凳。可以一边进餐，一边观赏蓝的海，绿的红树林，树林有时候溅一点白出来，那是白鹭。有时候把车开进小渔村，街头有个布满灰尘的小房子，烟熏火燎，门前种一丛红色三角梅，多半就是饭店。落座，也没菜单，店家张口就报：

"今天打鱼的打了几斤新鲜的小管，还活捉了一对濠。""濠"（同音）是一种罕见的神奇动物，永远成对出没，公的在上，母的在下。于是顾客哄然而起，齐到厨房去看"濠"。有时候是网到了梭子蟹、松子鱼……总之渔民收获了什么，顾客今天就吃什么。

我最爱吃的是跳跳鱼，鲁迅先生《故乡》里提到的，个头不大，肥美鲜嫩，一咬肥得流油。做法：有时煮酱油，吃起来小心翼翼，数着条吃，实在珍贵；有时裹面粉油炸，一盘出来，一会见底。跳跳鱼全是野生的，潮水退去后在滩涂上跳，渔民一个上午顶多收到两斤。我个人觉得最好吃的还是跳跳鱼粥，放瘦肉进去熬，鲜得舌头都要吃下去。

我们那的海鲜有点多。一条漳江从山间流出，上游都是水库和泉水，有最好吃的泉水鱼和水库鱼。泉水鱼多半小而嫩，肉瓷实。炖品最好用泉水鱼。泉水鱼很罕见，一年也遇不上一两次。泉水里面产个螺，也金贵，叫皇帝螺。

漳江流到田野，到处成池，养了藕，养了鱼，这是池鱼。池鱼多为鲫鱼、乌鱼和草鱼，因为池塘大，鱼好生长，时常听说捕到十几斤、几十斤的大鱼。《西游记》里那些浮头听观音说经而成精的，都是池鱼。我觉得池鱼里最好吃的是泥鳅和黄鳝。

也有人在田里挖了池塘，养塘鱼。小时候我好奇，经常跟着去看人养鱼，看人拉一车的青草倒进去，又到饭店拉一车的剩菜倒进去，最后还倒一车粪进去，看过后就不大爱吃塘鱼了。我们日常吃的水煮鱼、烤鱼多是塘鱼。

漳江流着流着，遇见了海——说是海，也就四个池塘大，

多 情 故 我

懒洋洋躺着，突然在末尾一下子窜出去，再出去是台湾海峡，再往外是太平洋。入海口的水一半淡，一半咸，江水海水交界的地方五彩缤纷，翻滚着，又条条分明，彩色千层糕一样，好看。这个地方产的海鲜、虾米也是极品，不过产量到底不多，所以周围的田全部挖成了养殖场。当地人世代生活在海边，早已摸索出一套养鱼虾、伺候蟹的路数，简直像老庄一样敬畏自然，顺应天道。

靠海边挖一口塘，在海和塘之间做一个闸门，又在塘的另一头，塘和江之间做一个闸门。海水涨潮时开靠海的闸门，让海水涌进养殖场，退潮时开靠海闸门，让海水退出去，又开上游闸门，让淡水涌进来，如此一日换水一到两次。经淡水冲洗，海水浸泡，养殖场的鱼蟹就长得飞快，没有一丝土腥气，也没有咸水海鲜的死咸。外地海水海鲜比如文蛤，一车车运到这里，养个十天半个月，就可以洗尽腥气。

我家从前养过青蟹。我最喜欢的事是周末去看人养螃蟹。螃蟹池里有一种鱼叫细鳞，全身闪光，口感倒不亚于螃蟹——捞出来，洗洗丢进锅里煮，煮熟了掀开锅盖一看，浮着一层黄油，那都是鱼脂；有时候与米一起放下锅煮，讲老实话，那是我这辈子吃过的最好吃的鱼了。再煮几盘青蟹上来，大个的红彤彤的螃蟹堆满盘子，一剥开壳，肉满满要炸了。见我去，看塘的舅舅会拿了网兜特意去寻找酥皮蟹，就是刚蜕壳的螃蟹，已经脱去了旧壳，新壳还没长出来，用水一煮，或油一煎，整个可以咬碎吃下去。

在北京吃肉

在北京时天气冷了，总想往秋膘上再贴几层，好让脂肪做了棉絮。吃的肉有许多种：天上飞的，地上跑的，水里游的；还有粗吃的，细吃的。

说到大块吃肉，老饕多半忘不了《金瓶梅》里那个猪头："于是走到大厨灶上，舀了一锅水，把那猪首蹄子剃刷干净。只用的一根长柴禾安在灶内，用一大碗油酱并茴香大料，拌得停当，上下锡古子扣定。那消一个时辰，把个猪头烧的皮脱肉化，香喷喷五味俱全。"

烧得爽利，看得口齿生津。西门大官人一门豪富，妻妾成群，美艳的金莲，端庄的大娘，玉琢的瓶儿，巴巴儿坐在厅堂，单只候这一根柴火烧化的猪头。同样不常见的还有柳州的烤乳猪，也是大菜，我去了桂林三年，到底也没吃上。猪头生活中不常见，可以取而代之的是猪脸和猪鼻子、猪耳朵。我们那靠近潮州，多卤煮、腌制肉类，街上菜市场上到处散落有肉食摊子。

食与色，人之欲。我是南方人，到北方 10 年，常觉得菜肴粗粝，颇难适口，唯有坛焖肉、炖肘子这样的菜，大肉浓香，南不如北。

儿时看《水浒传》，心内纳罕，众英雄好汉，大块吃肉，大碗喝酒，一落座，便是叫店家切一斤牛肉、二斤牛肉过来。我小时候，吃肉超不过手指头大的薄薄几片，就发腻，觉得入口木质，十分粗糙。这一斤两斤，如何吃得下？看到北方人料理肉食，才知肉食也有酥烂如泥时。我生在福建海边，家乡是黄金海岸，一夜潮水，岸边礁石生出密密麻麻的牡蛎，滩涂上螃蟹满地乱爬，海带森林乱草一般缠绕，生于此乡，长到25岁出省读书前，三顿吃鱼和海鲜，偶尔见肉，尽是用来做底汤的；有时候用猪肉或鸭肉，熬出汤来做菜，肉熬出汤后，一般木木的，并不大吃。到了北方，鲜见海鲜，只好改吃肉。

第一次看到坛焖肉，装在小土陶罐里，口是密封的。一打开，喷香扑鼻，红色的小方块肉，整齐码好，肉汤半罐，淹了一半，下面埋着配菜，有时是豆腐，有时是土豆等，吸收了肉汁，美味无比。我一向忌油腻，竟能一口气吃掉三分之二。又把浓汁浇进饭里，拌饭吃，觉得这是我到北方以来吃的最像菜的菜了。之前我喜欢四川的东坡肉，坛焖肉有些类似东坡肉，然而却不是。

苏东坡名扬四海、才冠天下，饮食也是极为讲究的，因事被贬，身处黄州苦寒之地，苦中作乐，改造饮食，发明了东坡肉等。一时间东坡肉天下闻，流传至今，无人不晓。苏东坡曾写《猪肉颂》来总结东坡肉的烹饪方法："净洗铛，少著水，柴火罨烟焰不起。待他自熟莫催他，火候足时他自美。黄州好猪肉，价贱如泥土，贵者不肯吃，贫者不解煮。早晨起来打两碗，饱得自家君莫管。"想来苏子去赤壁时也是端着一碗东坡肉上船，举酒属客，诵明月之诗，歌窈窕之章，这般千古雅事，亦有其身影。苏子贬谪南方，我北上，到了北地竟一漂多年。我在北京日久，也如苏子一般苦中作乐，学会了吃肉，无肉不欢起来。北漂日子，也幸好有一些大肉醇酒，温暖岁日。

我喜欢的第一道肉菜是坛焖肉。当时住在北京郊区一个大院子里，无事去桥头饭店吃饭，一大片厅堂，只有一道坛焖肉。我试着点来吃，立马喜欢，日日去吃。到北京城中却极少见到坛焖肉。后来才知道，那个地方离承德近，而坛焖肉正是承德的特色菜。承德避暑山庄为清皇帝避暑行宫，清人马上得天下，骑射习惯终朝未易，许多行宫都有狩猎围场。承德以野物众多出名，打猎不方便带锅，猎到野物，只好装坛焖煮。一个坛子，塞进大肉、酱油、板栗及各种蔬菜，密封起来煮，开坛时香气宛如烟花爆炸一样，又一大坛让你觉得永远也吃不完，颇能刺激肉食者的食欲。据说摄政王多尔衮住承德避暑城时，就常猎野猪、黄羊、狍子、鹿等野味，用坛焖制而食。可以想象一下，夜色之中，草原之上，星空之下，英俊的多尔衮在篝火旁认真烹煮坛焖肉，香气飘逸，火光照亮的是不是那个后来的铁腕女人孝庄太后？野史无法考证，流传到今天，坛里的野味换成了猪肉，毕竟已无法狩猎，更不知野味上哪寻觅。

在京家居无事，自己也时常下厨，做点菜。因为特别爱吃东坡肉，自己做过几次，居然十分成功。把三层肉切成小方块，用小细线拴住，加酱油、黄酒、八角、红糖等慢慢炖出味道来。起锅后铺在上海青上，白的白，青的青，赤的赤。

北京吃肉的主流是铜锅涮肉，有名的东来顺涮肉，和全聚德大马金刀地并排在王府井大街上。我在大冬天时多去吃铜锅涮肉，热气腾腾，一个金铜色的铜锅，清汤冒着水蒸气，把羊肉、牛肉、黄喉放进去，从下午吃到傍晚，偶尔薄霜雪下起，屋内温暖如春，大肉滚烫，醇酒销魂。

有次在南锣鼓巷闲走，看到一个王府，虽然破败，断墙颓垣里依稀有一种端肃凛然气派，打听了下，是清代号称"不败将军"的僧格林沁的府邸。看了一回，发现隔壁似乎另有乾坤，遂举步而入。四合小院，四面厢房，院里种着石榴树，树上挂着石榴、鸟笼，檐下水缸里养着碗莲。窗明几净，满族四合院标配。后来和主人熟了才知道，这是王府的后院，被他们改做了火锅店。进了大厢房，一墙素色山水，古雅桌椅之后，俏立着罩纱帐的宫灯。我觉得不错，坐下来用餐。端上来颇为惊喜，器具精美，景泰蓝制成的小火锅，珐琅碗筷。冬天吃这样配置的火锅，在这样的地方，也是快慰平生。

北京的肉食除了坛焖肉、火锅，有一支不可忽视的散兵队伍，就是烧烤。北京有一家金字招牌烧烤，在北京人尤其北京年轻人群里声誉不亚于全聚德，备受追捧，是全北京社交媒体随处可见的烧烤，叫作望京小腰——事实上不止在望京，全北京都是。关于望京小腰的起源民间有两种说法，争论不休未有定论：一种说望京小腰是源于望京中央美术学院旁边的一家烧烤店，后声名大噪，才风靡北京；一种说是源于望京某个小巷子的阴暗处，后几番巧合之下得到推广。

我曾住在中央美术学院旁边一年，对面便是望京小腰的总店。夜晚一到，9点开始，时常就有朋友摸过来，在店门口给我打电话："我们在望京小腰门口，你过来一下不？"我便放下手中书，下楼，走出小区大门，踏过三五棵开满白色槐花的树影，穿过马路即到望京小腰的总店。

望京小腰总店是一个大院子，大概有五六百平方米：一排平房，平房边搭着一排铁皮棚子，棚子很长，沿着平房搭了一圈，折角处也毫不含糊地搭好了铁棚子。平房算包厢，铁棚子则是工作台，院子里散摆着七八十张桌子，大部分食客围坐在露天院子里吃烧烤，正对着铁棚子，可以看见厨师在烧烤腰子，闻得见香气，看得见火光，也算是一种开放式厨房。大铁门足有四道马路宽，不营业时随意掩着，搭一条铁链子，下午 4 点不到，铁门就开了，人开始忙活，准备肉串。天知道要准备多少肉串，只知道每天有一辆大卡车进出，运送当晚要用的肉，主要是腰子。

7 点多去时，七八十张桌子已经满了，客人都围着桌子坐着，眼巴巴等着肉香。谁知店主尚未开火，顾客着急起来，又不敢大声催，自己嘟嘟囔囔，也不敢乱走动，怕好不容易排到的位子丢了，正在提颈翘首之际，店主走出来，手势一挥，指挥倜傥，几个灶一起开火，一时间，火舌如龙，橙红若霞，在越来越深沉的夜里跳动，映得一个大院子有几分诗意。顾客也落下了心，屁股在位子上坐安稳了，先喝一杯寡酒，就几句话解馋。一会工夫，小腰就流水价送上来，未到桌前，3 米外已经肉香如喷。服务员托着装小腰的盘子四处穿梭，好像带着肉香的喷泉在移动，一会工夫，一个大院子里处处是烤腰子的焦香气，远处看到，灯光如梦，炉火通红，空气里笼罩着浓烈肉香，大概以为是人间的另一个去处吧。

我在 7 点多去过一次，知道了规矩，以后都是 9 点多去。

老板说腌制的时间未到，小腰味道不好，我感叹老板做烧烤如斯有个性。我并不是很喜欢吃夜宵，但是望京小腰太著名，许多朋友聚会都选在那里，我又住在对面，他们到那忍不住喊我一声。小腰必点，余下随意点一些韭菜、茄子、小馒头等，啤酒直接来 10 瓶。抬头可见明月，低头遍地肉香，围墙圈起了一院子的笑语喧哗，这就是望京小腰的发迹处了。

大名鼎鼎的望京小腰是什么样子呢？ 30 串烤得香喷喷的小腰放在铁托盘里端上来，齐齐整整，肉是浅褐，流着烤出来的油，仿佛浸过一般，带着透明的光泽，上面撒着淡黄的调料，有孜然、香草籽，并不像寻常烧烤店，烤得黑中带煳，上面沾的调料色泽浓重，令人狐疑。一根竹签上穿了三到五个小腰，穿得秀气，虽然是烧烤的肉食，却有一种精致感。腰子个头极小，故名小腰，大概是比一个月婴儿的巴掌小，也就是一朵洋桔梗花苞大。腰子虽小，却肥嘟嘟，饱胀得像要炸开，一朵朵开在竹签上，泛着明净油光，月色照下来，真是食欲大开。

拿起来张口一咬：嫩。望京小腰烤得嫩，通常烧烤越烤越老，牛肉羊肉为了烤熟和入味，用时略长，结果入口又木又韧。而望京小腰也许是腌制得法，入味时间短，又加上炉火特制，烤出来的腰子盈盈欲滴，一咬嫩得让人惊叹，几乎是生烫的鲜嫩口感，然而整个腰子确实是熟透了的。烹饪一道，大有玄机。庄子写庖丁解牛，我也曾走到铁皮棚里，观看掌厨的烤小腰，两手不停，上下翻转，左右开弓，颇有几分庖丁之风，"恢恢乎其于游刃必有余地矣"，烤完之后，"提刀而立，为之四顾，为之踌躇满志"。

望京小腰的炉子夸张，像一列长长的水槽，却是不锈钢制成的，不知道用什么燃料，火很大，一槽火焰，厨师站在前面，颇有"沙场秋点兵"的气势。我几次想行到炉前，都被火吓得缩回去，只好在几步开外，看厨师的剪影在火光里起落，随着几个起落，听见清脆的吱吱声，那是肉在铁板和火焰之间飞舞，油溢出来的声音。

　　望京小腰翻烤适宜，入口鲜嫩，并不油腻，咬在嘴里，又嫩又脆，满口肉香，夹杂着孜然和香草的香气、辣味，混在一起，强烈的味道撞得舌头发麻。一口一个，吃完热口，只想一个接一个吃下去，小腰没送上来前，满桌子话响，送上来后，只听见呼哧吃肉声，一会工夫，桌子上已经一堆竹签了。大快朵颐，吃到够才歇住，端起冰啤酒，大喝一口，世间畅快，不过在这一瞬间。直到此时才定神回魂，谈论起事来。

　　望京小腰的食客，来自北京四面八方，有开着车大老远过来的，也有我这样住在周边的人。院子之中，有美院的教师，最多的是影视圈的人——为了讨论一个项目、角色、剧本，需要反复磋商再斟酌几十次上百次，望京小腰大院落这般露天辽阔，有小腰啤酒，有夜风撩拨，再适合不过。我每次去，前后左右时常听见有人在讨论电视剧或电影的角色，也时不时见到有名的导演、编剧，坐在桌子边，一手肥嫩滋油的小腰，一手指点比画，完全放飞自我。明星来时，通常戴着鸭舌帽和墨镜，坐在围墙下的阴影里，多看几眼还是认得出来，也没人上去要签名——这院子里，只有一个明星，就是望京小腰。明星吃起小腰来也狠，唰唰唰，不一会儿，一堆竹签哗哗倒下来。我在旁边窃笑。这里是明星名流出没之地，所谓市井繁华，便是这般地带。

　　　　　　　　　　　　　　　　　　　　多 情 故 我

南方人的饺子

作为南方人，我从小到大吃的饺子馅是这样的：日常大体上是将包菜切碎——包菜汁水比较多，鲜一点，春天或冬天就取春笋冬笋笋尖切碎，加带小白肉的鲜肉，放点虾仁或香菇调鲜，再加蒜蓉等各种调料，其中还少不了马蹄碎末，放进去，咬起来清甜爽口，特别有嚼头，味蕾感受的层次骤然多了三五层。还有羊肉饺子、鲅鱼饺子也好吃。我家做饺子，不用煮的，只用煎的。

总结起来我喜欢吃的饺子是新竹笋和三层肉加入各种调料做成，皮一定要薄，而且要用煎的，最好是用茶树油或猪油煎。如果是普通的包菜饺子，要加入虾仁或虾米和一样水果调味，别的馅我不是很感兴趣。饺子要好吃，馅料是关键，此外皮薄也很重要。

闻说安徽有豆腐饺子，我一直颇好奇，又不敢轻易尝试，怕倒了胃口。江南包括上海有一道名菜，叫作刀鱼饺子，如果我没记错，今年新春刀鱼一斤是3000元左右，可以说是中式奢侈了，但愿我能过上有能力吃刀鱼饺子的好人生。我想以此类推，蟹黄、牛肉或者其他好吃大观，可平民可贵族。白菜饺子我不大吃，春天韭菜上市时韭菜饺子配鱿鱼，口味不错。

包饺子或扁食怎么样叫包得好？要馅料多，肚子鼓鼓的，多得好像隔着皮能看到馅，又不能撑破。这个尺度，就是功夫。

饺子皮一般有三种，一种厚，一种不厚不薄，还有一种纸一样薄。新手就买最厚的皮，以防万一。一般人可以选择不厚不薄的，摊好，往上面倒馅料要倒两次，跟盖楼似的，第一次是打地基，第二次是往上面修补漏洞，不多不少，宁可少了不能多了。一个饺子，是唐代美人，要肤白丰腴，色如凝脂，隔着白皮都能看到晶莹的馅，那便可以了。福州盛产一种燕皮，也可以做饺子馄饨，皮特别薄而韧，像陈年的泛黄纸，也是可以一吃的。

做得好的饺子蒸好之后，饱满晶莹，让人想一口就咬下去。咬下去时，皮柔软，馅鲜嫩多汁，馅料讲究搭配，故此味蕾感受丰富。煎熟的饺子，还没吃，远远闻到，就已经流口水了，吃的时候，不会有面皮的乏味，煎香的饺子皮配着鲜嫩的馅，别有滋味。

我刚到北方，第一个春节在北京过，说是吃饺子，好，一大盘一大盘白菜猪肉饺子。过了不久，元宵节，吃饺子。春分，吃饺子。夏至，吃饺子。中秋节，吃饺子。冬至，吃饺子。好，我终于知道了，北方人所有节日的庆祝活动都是吃饺子。据说这规矩明代起就有了。

据《酌中志》载，明代宫廷已是"正月初一五更起……饮椒柏酒，吃水点心，即扁食也。或暗包银钱一二于内，得之者以卜一岁之吉，是日亦互相拜祝，名曰贺新年也"。

第一次去东北，一路上走过去，饭店都挂着饺子馆招牌，走了一段路，有一个地方占地足有3000平方米，两层半楼，上面挂着气吞山河的三个大字：饺子城。这三个字的气势把我压蒙了，回来一直对南方人感叹："你说，为饺子也能做个城？饺子也能当菜？"在我从小长大的地方，饺子一直被当作饭店众多主食的其中一个选项，放在厚厚菜单册子最后几页的角落里。饺子城确实让我觉得很意外、很震撼。

终于明白，民以食为天，北方人，不，东北人大概是以饺子为天的，因此修建再大的饺子城也是应当。我应该是福建人里比较常吃饺子的人，因为父亲很会做饺子，家中经常没事就做饺子吃。我于饺子，还是喜欢的，尤其煎饺。

去成都时，又吃到钟水饺、龙抄手，从此迷恋。有一段时间，每天睡醒就想吃龙抄手，想得厉害，几乎要得相思病了。龙抄手或钟水饺成败主要在汤，饺子皮吸收了辣汤，香味浓郁——可见一切包馅面食，只要解决面皮问题，都是好食物，至少在我的逻辑里如此。北京城里，尤其我的周围，龙抄手不多。后来搬了家，旁边刚好有一家重庆小面，也卖龙抄手，足足吃了一个月，才把我那点念想浇熄。

我自己也会做饺子，有时候做得像馄饨。其实最早，馄饨和饺子是不分家的。也是，不都是皮包肉吗？饺子可能还从属于馄饨，有一个优美的名字叫月牙馄饨，魏国的《广雅》有记载。到了唐代，名字更为好听，叫偃月形馄饨，宋代开始才叫角子。宋孟元老《东京梦华录》追忆北宋汴京的繁盛，其卷二曾提到市场上有"水晶角儿""煎角子"，此外，还有"驼峰角子"。目前水晶角子也好，煎角子也好，都好好保存和流传在我的家乡。当我大口吃着热乎的煎角子时，我不会想到，这样食物，已经在这片土地上流传了一千多年。

我吃过特别好吃的一盘饺子，是在北戴河。住在海边，早上起得迟，街上的饭店溜达了一圈，只看到一家卖早餐的，走进去又都是馒头和各种油腻食品。我顺着服务员手指处看了十几样，没有一样可以入口，肚子饿得令人发晕，又实在吃不下那些食物。正在两难之间，旁边有腾腾热气惊动了我，一看，一大盘白胖饺子，遂大喜："给我这个吧！"店主说："这是我们自己吃的。"又看我一眼："如果你要，我请你。"我赶紧付了钱，吃饺子，觉得真是鲜美无比，也不知道是不是因为太饿了。下次去北戴河，可以问问她们做法。

　　潜意识里，我对饺子是有一种信任感的：也许它不是我求之不得的新鲜佳肴，它太朴实无华，却是任何时候皆可果腹的食物，是齐宣王有事时急召的钟无艳，不是无事把酒共乐的夏迎春。中国大小街道上散落的大小饺子馆，无不做了它这个品德的见证。

　　偶尔也有失算。有一年我去拜访成都杜甫草堂，为了有力气，照例在草堂对面的饺子馆里吃了二两饺子。未料到，进去之后，看得投入，留恋不舍，等到肚子饿想出来时，竟刚走完一半路程。进去的前门和出来的后门路程一样遥远，进亦饥，退亦饥，只好继续穿行在杜甫的茅舍间，一面看着春水之上白鸥来，一面东张西望寻觅像白鸥一样的饺子。绕屋三匝，终于看见竹林下一个茶社，进去一问，只有清茶，喝了一杯峨眉雪芽，我更饿了。平日里喜欢的雅致茶馆，从来没有今日这般不合时宜。哪怕来一盘绿茶点心？不，点心渣也没有，我又不能把白鸥打下来烤了吃，又不能在春水碧波上执竿垂钓。天知道，这样的时候，我有多么渴望一盘土气的白胖饺子！

　　　　　　　　　　　　　　　　　　　　多 情 故 我

炒　饭

　　半夜看到有人发朋友圈晒一个菠萝饭，色彩颇明艳，烹制的人郑重其事列举了内容：胡萝卜、虾仁之流。看起来像那么回事，仔细一看，米是软塌塌的，糊了。因为米饭，这一碗菠萝饭基本失败，不管色彩怎么鲜亮，咬上去，口感必定极差。

　　我喜欢看油画展。有人问我，大师和普通画家的作品差别在哪里？也看过一些自恃有才华的画家挂了色彩斑斓的画出来，觉得自己的画极好，不亚于大师。自信是好事，然而事实需要面对。以我个人体验来说，大师和普通画家作品的本质区别在细微处，往深里说，在光线的细微变化，在色彩的巧妙过渡，在阴影铺设、空间、空气、质感。

　　炒饭、做饭也像画油画，看着相似，都是画板、颜料、画笔，其实效果相去甚远。以炒饭为例。菠萝饭，原料菠萝、虾仁、鸡肉、胡萝卜、豌豆粒，这是基本配置。好，再加上一种原料：炒熟的花生米或小黄豆，你就是个烹调名家。现在，摆开画板，调和颜料，拿起画笔，准备做饭。

　　撩起衣袖，露出玉臂，把菠萝按一比五的比例，横着一刀切下去，拿水果刀在果肉上横划，有武林高手踌躇满志的潇洒。挖果肉，果肉不要狠心挖尽，留一部分黄果肉在底部，菠萝香气更浓，此乃菠萝饭的提神剂，仗此可得色香味大法里的香。油，橄榄油或菜籽油自然好，猪油也是极佳的。这些是画板、画笔。金色的果肉切小块，橙红色的胡萝卜切丁，翠绿的豌豆粒，色彩谱已经丰富了——调好了原料盘。然而我佩服泰国人最后端上来的菠萝饭还会加一朵紫色的蝴蝶兰，直似油画里最后一笔光影。下油，油锅热了，依次炒豌豆粒、虾仁、胡萝卜，熟了后加上米饭炒，最后一步是加入果肉炒一分钟。大厨级别就是放炸过的花生米或小黄豆翻炒一遍，这是油画里的明暗阴影对比，有了这些，油画才更有立体感，盛起来装进菠萝，码出一个优美的姿势。

蛋炒饭是一个江湖传说，躺在我儿时的早餐桌上，五星酒店大厅里水晶灯下。影坛才子周星驰拍过一部电影《食神》，蛋炒饭是结局冲冠的大腕儿。乐坛才子庾澄庆原唱的一首歌叫《蛋炒饭》，说"中国五千年火的艺术就在这一盘"，看来一盘黄白相间的蛋炒饭，也得才子欢心。

蛋炒饭真经有要诀，几乎可以唱起来：一要米粒干而不涩，软硬适中；二要饭包着蛋，蛋包着饭；三要粒粒分开，饭多于蛋。隔夜饭是首选。油里蒜蓉炸香，饭从冰箱里拿出来，冷饭到热油里走一遭，到饭软时，鸡蛋打散，搅匀，分出一半，以天女散花手势铺洒上米饭去。大火翻炒。临收梢时再把另一半蛋液洒上去，反复翻炒，最后就能粒粒独立，饭包着蛋，蛋包着饭。饭粒松软，雪白饭粒包着金色蛋花，如邈姑射之山上投下阳光，饭粒之间疏松，筷子轻轻一拨，饭里蛋香气直透出来。

蛋炒饭和菠萝饭比较家常。还有林林总总各种炒饭，天下炒饭武林，大到少林武当崆峒，小到巨鲨帮，扬州炒饭算是一大帮派。扬州炒饭，我做过多次，最多一次，用料达到 18 种，好吃是好吃，总觉得未得要诀。不知道古代如何做法，在那时美称"越国食碎金饭"，其实也是一种蛋炒饭。有件事估计大伙儿都不知道，那就是扬州炒饭虽然名为扬州炒饭，但据说其实发明人是福建人，它是福建人伊秉绶任扬州知府期间发明的。伊秉绶是一个诗词曲赋精通、各种完美的官员，也是个美食家，后世的方便面据说也是他发明的，所以后世方便面常称伊府面。伊秉绶回家乡时把食谱带回了福建，故目前扬州炒饭分为两派：一派在扬州本土生长，另一派在闽粤变异，是粤菜里的重要主食。

　　我在成都旅居时，楼下有一家俄罗斯餐厅，做一种薄荷小羊排饭。我一边坐在窗边的阳光里慢慢吃，一边用叉子分析研究了羊排、松子、薄荷叶。

泥蚶粥

今天吃泥蚶粥。泥蚶又名血蚶，顾名思义，打开时里面的蚶肉血一样鲜红，没吃过的人看着有点惊悚，爱吃的人口里生涎。

吃者剥开一个泥蚶，满口夸停不下来：刀路好。意思是这泥蚶烫得恰到好处，不老不嫩，不枯不烂，口感最佳。泥蚶如何烫，极考验厨艺，我的厨神老妈花了很多年才掌握，决定作为家传秘方世代流传下去。

泥蚶是广东潮汕一带的特产，我老家云霄县东厦镇产的泥蚶和别处不同，早在明朝时，竹塔泥蚶就闻名天下。

这里地形和别处不同，得天独厚。有一条漳江，清泠泠而下，在东厦开始和海洋交汇，冲出一大片滩涂，滩涂上有全球第二大红树林，远看苍翠，绕着闪闪江流。江水海水交汇的地方呈橄榄状，腹大口小，像《西游记》里收妖怪的大葫芦，一口气把江水海水都吸进去。这里淡水变少，咸水变多，水质咸淡互冲。海湾每天有两次潮汐冲刷，咸水淡水交汇，出产的泥蚶一丝腥气也没有。

泥蚶最好吃的做法是开水白灼，拌以生蒜、鱼露就食，如果有一丝腥气，入口口味大打折扣。但东厦产的泥蚶没有腥气。

过年过节，提着泥蚶上门，就是最好的礼。不知道的人一

　　　　　　　　　　　　多 情 故 我

看，一大袋泥沙，简直要晕倒，本地人一看大喜：竹塔泥蚶！放在院子里，开水龙头大水冲洗，泥土散去，露出泥蚶来，一个个比橄榄大，有几分像闽南的屋檐，白底青灰条，带着弧度。吃完了，一个个壳倒扣在桌面上，像闽南村落，似可听见雨声，看见炊烟升起。

泥蚶是真好吃，主要靠打理。只要做好两步：一洗净，不能带有一点泥沙；二要烫得恰到好处，不温不火。前者考验勤劳，后者考验手巧。把泥沙冲净后，把泥蚶放进盆里，装满水，浸着泥蚶，拿个小刷子努力刷，一刻也不能停下来。能出色完成这两步，与圣人差不多了，吃得泥蚶，做得圣人。老子说"治大国若烹小鲜"即此意。

把泥蚶刷得雪白，开水烫一下，捞出装盘。春天的蒜苗，横切了梗，一堆多米诺骨牌一样堆在酱油碟里，蘸着吃。这是最常见的吃法。还有一种腌制法：泥蚶烫得将熟未熟，然后用酱油、盐、芫荽、蒜头、生姜、辣椒粒及料酒、醋腌制。再冷藏4个小时食用，美味无比。

泥蚶要烫得刚好，入口嫩，咬在嘴里有点脆，又嫩滑，一口鲜汁，感动得要流泪。烫老了咬起来就木，又没汁水。我们这年夜饭必不可少的一盘。

泥蚶烫全熟就是大开，没熟就是紧合，剥起来有点辛苦，费指甲。我儿时不太爱吃泥蚶也是因为这个。后来本地人发明了一种剥泥蚶的工具，像剪刀又像铁钳，从此我也开始坐在饭桌前吃泥蚶，有时能吃掉满满一盘。

我喜欢的粥第一位是泥蚶粥，第二位是螃蟹粥，泥蚶的鲜在螃蟹之上。泥蚶粥就是把排骨和泥蚶一起煮，临熟撒上葱蒜。我家人个个挑口，每顿吃什么成了难题，午餐多半煮一锅泥蚶粥，医治各位的刁嘴好食。

荔　枝

　　中国最大名气的水果，一种北方翘楚，是樱桃，一种南方班头，是荔枝。樱桃又名含桃，在《礼记·月令》里有载，用以祭祀宗庙，出身又雅又正，官方和民间都喜欢。而荔枝，是一夜成名的明星。荔枝最早的记载叫"离支"，割掉枝丫的意思，据古代人观察，如果摘荔枝时带着枝丫，能保鲜长久，朴素直接地叫上了"离支"。司马相如在《上林赋》中写道：

　　　　隐夫薁棣，答遝离支，罗乎后宫，列乎北园。

　　这个意思《本草纲目·果部·荔枝》又认真解释了一下："按白居易云：若离本枝，一日色变，三日味变。则离支之名，又或取此义也。"

　　古代人由于受时间空间限制大，异常害怕离别，交通不便，通讯不便，一别可能此生不复见，一封家书还得托鸿雁捎十年，因此看到"离"字就觉得心口疼。有很多此类风俗，比如不分吃梨、不种植柳树。"离支"的"离"字让人一见就感伤，最后终于在东汉改名叫荔枝，只是不知这荔枝又从何而来。只知道左思的《蜀都赋》已经如此写道："旁挺龙木，侧生荔枝。"

荔枝暴得大名，离不开一个女人——杨贵妃。一个天生尤物，和她沾上边，临潼骊山上一泓水名扬天下，荔枝也从此艳名远播，染上艳丽色彩。

她是一个美女，她是皇帝的女人，她爱吃荔枝。唐明皇为满足爱妃这个嗜好，下令岭南进贡荔枝，从南到北，为尽快送达，跑断驿马腿。这件事，引得举国哗然。人们纷纷指责，然而指责的语气简直是羡慕。杨贵妃和西方的海伦类似，据说辉煌的唐帝国因为她的美倒塌，但从古至今，几乎没有人真正责怪过她。白居易的《长恨歌》讲好了谴责，到后来变成爱情诗代表，男女相爱，都要引用下："在天愿作比翼鸟，在地愿为连理枝。"杜牧写诗讽刺："一骑红尘妃子笑，无人知是荔枝来。"读起来简直是张扬和夸耀。后来岭南荔枝有了"妃子笑"这一名品，我吃过，个大皮绿，味酸甜多汁，并不值得一条马腿。其实当年大费周章送给肤如凝脂的美人的，不一定是这样的水果。经过杜牧这么一宣告，以后人们吃荔枝，都会想起杨贵妃，尤其北方的女人，在荔枝上市季节买南方的荔枝，恍惚中有一种大美人备受呵护的优越感。

另一个让荔枝扬名的是大诗人苏东坡，他说："日啖荔枝三百颗，不辞长作岭南人。"吃货大才子表示只要有荔枝吃，做瘴疠之地的岭南人也可以。这简直可怕：这可不是未老莫还乡的江南，而是一去不复返的岭南！荔枝何其荣幸，狂热追随者要么是千古大美女，要么是千古大诗人，想低调也是低调不了的。他们对荔枝的肯定和迷恋，又极尽夸张，荔枝，注定成为水果中超凡不俗的存在。

荔枝有什么好处？白居易也是爱好者，写了许多诗文赞颂它。如《荔枝图序》，说它："树形团团如帷盖。叶如桂，冬青。华如橘，春荣。实如丹，夏熟。朵如葡萄，核如枇杷，壳如红缯，膜如紫绡。瓤肉莹白如冰雪，浆液甘酸如醴酪。大略如彼，其实过之。"

这段话虽然赶不上苏东坡那两句诗出名，但是认真领会了荔枝的好处：色美，味佳，气味芬芳。荔枝的色之美，诗人写得好，可以说是可取代鲜花观赏的水果。

白居易说的荔枝乃巴峡所产，苏东坡吃的荔枝是岭南的。但其实荔枝是我老家的最好吃，这不是自夸，我有证据，宋代蔡襄《荔枝谱》说过，广、蜀所出，早熟而肉薄，味甘酸，不及闽中下等者。闽中惟四郡有之，福州最多，兴化最奇，泉、漳次之。福州延亘原野，一家甚至万株。

我在福州待过两年，似乎没看到过大规模的荔枝林，几乎都是榕树。应该说在闽侯一带，几乎已经消失。而漳州的荔枝林还茂盛生长，从前向人家介绍我的家乡，说夏天一到，公路边漫山遍野的荔枝，红彤彤的海，直垂落到公路边，停下车摘两颗尝尝，果园主人不会出来说你的。从我记事起，后面的山就是绿油油一片，随处可见荔枝林。我老家有很多上百年树龄的荔枝树，枝干高大，树冠有几个房子宽，结的果实小孩拳头大小，颜色红艳，皮薄如绡，果肉饱满圆润，一咬，汤包一样汁水横流。这种名叫乌叶。还有一种叫兰竹，个头分外大，比乌叶还大，颜色绿中带黄，成熟时也还是绿色，口味酸甜清凉，吃起来很刺激，令人又爱又恨，乡人往往怕酸，多留起来酿酒。我特别爱吃兰竹，皮比纸还薄，而且有个特点，小核或者无核。吃荔枝的人常有遗憾，好吃但核大，而兰竹这个特殊品种，大都没有核，只有果肉。荔枝无核，螃蟹无壳，真是人间至喜。一个茶杯杯口大小的荔枝，没有核，一小口一小口嗍完，那种感觉，绝了。

出荔枝的地方，人们变着花样吃荔枝。吃不完，剥皮浸到盐水里，搁冰箱，当菜吃，配白粥。

夏天一到，荔枝树下铺满了荔枝，晒荔枝干。白天太阳反复暴晒，晚上收起来用鼓风机猛吹，十几天下来，几千斤荔枝就晒成几百斤荔枝干了，装进大瓮里，阴时可以下酒，闲时抓一把作零食吃，又甜又香，吃一天不腻。荔枝干是女人的补血良药。当地女人坐月子时少不了荔枝干，每天要用酒酿泡荔枝干一碗，吃下去，补了生孩子的气血两亏。煲汤时更少不了，许多汤，放进荔枝干，就香气浓郁。

我儿时家里经常酿荔枝酒，在河里痛痛快快洗净，在日头下晒干，一滴水都不带。一字排开十来个大罐或者大缸，要透气的陶缸或玻璃大罐，先铺厚厚一层乌糖，再铺一层荔枝，再铺一层糖、一层荔枝，最后用几层糖封住，不教漏一丝气，又用木塞加十几层薄膜牢牢封住罐口。在院子里或者屋后挖个大坑，把罐埋进去，掩上土，来年夏天，便可以掘出来，一开封，带着果味的酒香溅满一屋子。酒色如酱色红赤，浓酽却晶莹，放置在屋角，随时舀着喝，做什么甜品糕点随意放一勺，就是荔枝味满满。这样的荔枝酒很难得，于女性和患胃病的人特别珍贵。我家自从搬到城里，再也没有酿过，没有晒荔枝的

多 情 故 我

大院子，也没有藏罐子的土地，甚至挖地的工具都没有。酿荔枝酒后的荔枝，呼啦啦倒在竹箩里，散发着浓郁酒香气，只闻空气都醉了，吃几个也容易醉倒。姐姐小时候，吃了一盘酿过酒的荔枝，结果醉倒在楼梯口，不能动弹，这事到今天还时常被拿来说笑。

我家从前投资了几个荔枝园，有一个是老荔枝园，还承包了一片山15年，自己种荔枝。故此我对荔枝的种植十分了解。

种植荔枝，要选择向阳山坡，附近带水源。我家承包的山地就是在山谷里向阳的一面山坡，旁边有一条弯弯曲曲的山涧，涧边草木茂盛。土壤红色，是上好的荔枝种植地。父亲指挥工人，在山坡上开出一个个四方的小平台，不需要梯田，在平台中间挖个圆洞，圆洞足有半米深，把荔枝苗放进去，扶正，掩上土，浇水，就算是种好了。还要在荔枝树边绕着挖一圈深沟，我不解地问母亲，母亲说是将来施肥用。

用来种植的荔枝苗大多胳膊粗细，孩童一般高度。许多人以为所有荔枝树是从核长出来才种上的，这不可能，一个核长成一棵树至少得几年，等得及吃荔枝吗？荔枝苗全部是扦插而成的，春天一到，父亲会带着一群人在荔枝林里寻找，看哪一棵品种良好，停下来，选择一枝胳膊粗细的树枝，让工人在上面用刀削掉半圈树皮，再用牛粪混合着草木灰严严实实把创口包扎起来。春天多雨，下完两个月雨，切口长出白根，再来把包扎解开就是一棵小荔枝树，锯下就可以种植了。

即使是一米高的荔枝苗，也要挨到第二年才能开花，第三年才比较大规模挂果。种树的前几年，纯粹就是按期浇水、施肥。荔枝树一开了花，就要开始喷虫药。荔枝花其实异常美丽，花朵娇小，不耐触碰，轻盈如梦。荔枝园开花季节，漫山遍野如雪落，远看如云海，香气直播到十里外，所以有著名的荔枝蜜。

荔枝开花之前先长新叶，叶子是淡红色的，叠生在深绿的老叶上，走路不经意望见以为是一片红花绿叶。荔枝树其实一年四季都可观赏，但这时母亲就带工人去折新叶，把新叶折掉，不让它们浪费养分——如果新叶不折，荔枝树就光长叶不开花，也不结果。我每次折淡红色的新叶在手，看它绯红如绡、叶脉清晰，很舍不得，都带回家去插在瓶里。折完新叶，过几个星期，荔枝花开起来，满山下"大雪"啦，下蜜一样香甜的"雪"，满山蜜蜂嗡嗡地闹，荔枝花开的季节，是一个好季节。

荔枝花开一阵子，渐渐从雪白变成锈红，下面结了淡青的小果实，一把把攒着，这就是荔枝了。

荔枝的成长是伴随着农药的，这也是荔枝一直难以出口的原因之一吧。不打农药，不要说变成大荔枝，就是小珍珠都在树上待不住。荔枝味道好，老是招来特别多虫，敌人是一个庞大阵营，可称为反荔枝生长联盟。有一种虫子，白色，米粒大小，专门叮荔枝头——慢慢钻进去，在荔枝头上蛀个洞，外形再美的荔枝都会掉落，玉颜辞镜果辞树。这是最令人痛恨的虫子，消灭它，要打上三遍药。还有金蝉，特别爱吃荔枝，荔枝刚一红，它就能找到，用带着锯齿的利爪深深切入果皮，把果汁吸尽，等你发现时，荔枝已经被吃得只剩半个了——荔枝园里缺半个的荔枝，都是金蝉吃过的。也有小鸟来啄食，吃得一干二净，只剩个皮挂着。有一种飞蛾，卡其色，三角形，看起来很恶心，不小心被它喷到手，手就红肿半天，它一喷荔枝，荔枝就好像烧焦了皮，不好卖了。

小时候摘荔枝是一件异常欢乐的事。山上的荔枝树红成一片，都是乌叶荔枝，个大色艳，比我从前的拳头大。剥皮一看，果肉薄如冰绡，一层又一层。塞一个到嘴里，嘴半天动弹不得，汁液如蜜。热闹的人群从墨绿的树上把"小灯笼"摘下来，在树下堆成小山高，远看像凝固的火焰山，其实是很美的景象。

荔枝装在青竹笼里，一层层，下面丹红上面铺着翠绿的叶子。阳光落进缝隙，有静而艳的瞬间。把竹笼整整齐齐码好，装车运走了，剩下几箩筐，让人挑回家，说是给我吃着玩。我人小，哪里吃得了那么多？天气炎热，眼看一筐红艳的荔枝慢慢渗出一种似甜似熏的幽微气味，颜色也暗沉了，妈妈就开始到河边去洗大瓮，准备酿酒。

从河边回到家里，大概是日上三竿。搬一把小竹椅，坐在院子里，看着妈妈剥荔枝，我也剥，刚开始是剥两个往嘴里送一个，后来都老老实实放到盆里去。盆里满满的雪白的荔枝，在阳光下泛着晶莹的光彩，有时候带着七色光环，好像梦一样。等到瓮晒干，妈妈就把这堆梦装进了瓮，一层果一层糖，来年春天一家人围着喝酽酽的荔枝酒。

近年来，似乎是荔枝价贱，本地人对荔枝林也疏于管理，任其生长，十分可惜。前几日竟见到拇指大小的荔枝，简直骇人。长此以往，我印象中的荔枝王，要销声匿迹了。

汉堡和方便面

早上睡醒，听到人在询问汉堡口味。

汉堡有个缺点，面包夹的肉总不够入味。不管什么肉，这都是个缺点。不同的肉和不同的蔬菜配料搭配，才会有不同的口味，比如牛肉，其实搭配生菜并不是特别适合。牛肉夹在汉堡中，一定要煎得嫩，包汁，一口咬下去，口感才好，可惜目前市面所售牛肉汉堡都没能做到。其实有时候并不在于牛肉的厚薄，善吃的人都知道，牛肉最重视火候。而鱼肉最重视肉质，选择什么鱼，搭配什么菜和蘸汁，决定口感。鱼肉有腥味，如何处理这个鱼腥味，则是厨师要考虑的问题：搭配的调料里最好有去腥的，如孜然或香草粒，面包里的鱼，用烤的或许会更好，浇上柠檬汁就更妙了，搭配略带酸性的调料也会更佳。我自己做三明治或汉堡，一定要加上薄薄的番茄片和薄的奶酪、黄瓜片，咬起来口感最鲜嫩。厚厚的汉堡，最重要的就是制造出鲜嫩轻薄的口感，加上丰厚多汁的内容，那就成功了。北京有家出名的宫廷牛肉包子，皮薄，肉馅多汁，又搁了咸蛋黄，味道不错。

桂林西街上有家比萨店，全市知名，叫红星特快，我有次专门去吃。此店无他，就是比萨皮只有别家的三分之一厚，外表烤得焦黄带赤，咬上去却湿润得很，并不噎喉。诸如此类速食食品，如能在看得见的细节上下功夫，便能令人百吃不厌。

国内有汉堡王，我没去吃过，吃汉堡最多的时候是在福州。对于学生，福州并不算美食荟萃之地，不过刚好赶上德克士、麦当劳、肯德基竞争升级，各种低价战，我念书的学校，走几步就是大马路，公交车起始站，走过时会有人派送优惠券等。各家的汉堡均价廉，德克士汉堡三四块一个，麦当劳5块一个，为了竞争，料特别足。在福州两年，我脚都没拐到过可怕的食堂，常年在餐馆吃饭，好些午餐都是用汉堡打发的，故各式汉堡几乎全尝遍。比上不足比下有余，改善之道就是多用几包番茄酱。汉堡在洋快餐里算是我比较能接受的食品了，唯一问题是普通汉堡都是拳头大小，一个吃完肚子未饱，两个吃完太撑。这大概也是一种"饥饿营销法"，每次都令我为吃一个还是两个踌躇再三。吃完拳头大小的汉堡，慢慢走在落满槐花和树荫的大道上，背后是一面西湖的风，西湖边春天会开大朵的碧桃，说起来，德克士的汉堡也比碧桃花大不了多少。

我觉得汉堡大可以开发一个老干妈或紫山咸菜口味，想来味道不错，会有不少人喜欢，至少可轰动一时，就如之前的螺蛳酸笋汉堡——螺蛳粉虽然美味，但和汉堡皮配搭好像并不太适合。

速食食品里另外一样是方便面。我初中去一中寄宿，大概从前学校食堂都差不多，没有一样菜可以入口。有次我去水槽边洗手，看到食堂职工扛着一箩筐长长如藤蔓的空心菜，在水龙头下冲了几下，重重放在泥水里，忽而又扛上筐，直接下锅去炒。我当时气急败坏，指着箩筐："你你你这是打算给我们吃的？"

我这么一指，后来竟再也没有见职工扛着空心菜放在泥水里。但我从此倒了胃口，不大去食堂吃饭，每次吃饭都有心理阴影，于是方便面堂而皇之端上来。夏天一到，凤凰花开满枝头红艳艳，如一片片红云，花瓣落满操场，夏风暖洋洋，走过学生楼，扑鼻而来的都是方便面的香气。

同宿舍的女孩子说起方便面，就好像今天的女孩子说 LV、爱马仕，规格、形状、颜色、搭配，都头头是道，有门有类。有一种面条是鹅黄色，据说面里加了鸡蛋，配鸡蛋青菜最好吃，泡的时间要长些。那时康师傅、统一都尚未出来，也没什么有名的牌子，我依稀记得一种叫白象，面条特别精细，有嚼劲，我常买它。前几年在网上看见，才知道那是河南的老牌子。对方便面，姐姐比我痴迷，我其实并不算太懂。晚自习回来，宿舍里每个人端着一大缸方便面，埋头吃，吃到满屋子不作声；走廊的水泥栏杆上，一溜排过去，都是搪瓷缸里装着冒热气的方便面：这算是中学时代的日常记忆了。我的方便面比别人好吃，不管什么牌子，因为我妈每星期会给我做一大罐沙茶酱肉，每次泡面我就往里面放。我妈做的酱肉真是好吃，用沙茶酱和蒜头等各种料在锅里熬半天，装在小玻璃罐里，密封着，夹完赶紧又封上，一透气就坏了——一开盖，香气直往鼻子钻，满宿舍的人喉头动上动下咽口水。我把它放在宿舍的壁橱里，刚好挨着床头，有时候半夜睡着会被香气唤醒，起来掏几块酱肉吃。前几天看一篇文章说起苏州人的大肉面如何有江南特色，自古扬名到今，我想一定很像我从前的沙茶酱肉面。只是每次泡了面，一罐酱肉或排骨就吃不到一星期了。看着罐里的肉逐渐减少，最后拿着勺子把玻璃罐的内壁上上下下刮一遍，再换小勺子，最后一点不剩了。拿着空荡荡罐子的心情像一阕词里所述，伊人去后，香凝秋千架的惆怅。

中学毕业后，我再也没吃过被寄宿同学誉为"百里香"的妈妈牌酱肉，也较少吃方便面。后来喜欢上统一方便面，在北京时每年吃几次。

柑　橘

冬天了，吃啥水果？应季的水果，南有柑橘，北有苹果。我牙口不好，懒得削皮，长期食柑橘。

柑橘大概是最古老的中国水果。屈原有《橘颂》。

许多人不能理解屈原《橘颂》里的庄严。我曾从柑橘园经过，柑橘树是一种外形优雅的乔木，叶分外青翠，撑开树冠青翠如盖，开满雪白柑橘花，花香袭人，常引得蜜蜂嗡嗡闹。远看、近观都是高洁雅正的姿态。

橘子是地道南方水果。《橘颂》说："受命不迁，生南国兮。深固难徙，更壹志兮。"橘子这样的水果纯属南方，不能在北方生长，甚至过淮河都不能，晏子使楚说："橘生淮南则为橘，生于淮北则为枳，叶徒相似，其实味不同。"橘子确实是一位朴实甜蜜的南国佳人，在北方不能种植，但冬天一到，北方满是橘子，可谓长城内外，大河上下，尽是橘香。

橘子的滋味和出产地关系很大。产橘子最有名当是湖南的橘子洲头，不知是因为先有毛泽东的诗词在前，所以名气大，还是这之前名气就在了。据说秋天一到，游湘江，漫江碧波，橘子洲头万点红。我想起来也觉得应是胜景。橘子洲头的橘子出产量极大，我疑心我在北京吃的许多橘子，都产自那里。大

　　　　　　　　　　　　　多　情　故　我

体上，皮薄汁多，酸甜适口，余味不苦。

我的故乡，也产柑橘，尤其上中学时，城郊漫山遍野都是柑橘园，花开时节，漫山如雪落，浮沉在苍翠绿林之上，好比绿雪。我每次上学骑车从旁路过，徒有羡慕之情。

我初中的同桌，家在城郊的下坂村，村里家家种柑橘，她家里就有一大片柑橘园。柑橘红的时候，周末她带我们去采柑橘。一推开柑橘园的柴门，我都呆住了：太美了！柑橘树高过人头，上面结满了橙红的大橘子，在苍翠的树冠上，一个个饱满圆润、鲜艳亮丽。我第一次看到这么丰盛的场景，惊叹不已。自然大美，春之花，秋之叶外，冬之实也令人惊艳。波提切利名画《春》画的就是维纳斯和美惠三女神站在结满果实的柑橘树下。画的主题可以总结为"爱从美开始，终结于欢心"。画面的背景是一片果林，高大的果树上结满了橘色柑橘，穿过果树林可以看到早晨的阳光正普照大地，洋溢着胜似春天的气息，华美丰盛。柑橘园的美，在画家的笔下得到最充分的展现，我想波提切利提笔时，涌上的感觉，一定和我第一眼看见柑橘园的感觉接近。

同学家种的是厚皮柑，个头特大，普通柑橘如拳头大，她家的大概是镇关西的拳头了。皮特别厚，这是一种品种，本地叫硬芦——本地人管柑橘叫芦柑，这个皮厚，皮和肉都比较硬，叫硬芦。硬芦品种有些类似野生，在市面上因为外形不够好，所以不是那么好卖。皮着实厚，我剥橘子剥得手指生疼。但硬芦特别好吃，汁水多得往下淌，甜得赛过蜜。四川有一种丑柑，也是长得像钟馗一样奇形怪状棱角丛生，但是滋味大好，可能也是硬芦的一种。老家种柑橘的，大多种了软芦，即市面常见的那种，皮色橘红，光可鉴人，皮薄如绢，纤指轻轻一捅，扑一声破壳，里面的果瓣历历在目，晶莹剔透，拈起一瓣，放入口中，吃橘子这件事都有了几分美感。只是软芦味道到底不如硬芦甜蜜，到了末处，有点转酸。有时候觉得硬芦和软芦，也很像做人：有人口上甜如蜜糖，温柔多情，只是到了底，终是味薄；有人浑朴，不解风情，费力剥开，藏有蜜一般的橘瓣。橘园主人，大部分种植软芦是为了售卖，在土地最肥美处种上几棵硬芦，果实累累，都是留给自家和亲戚吃的。

我的故乡近年不大出产芦柑了。种水果是靠天吃饭的事，好容易结了小绿果，台风一来，全扫落在地。果子将熟，又下起霜，冻得红彤彤的果子倒像长着半阴半阳脸的人。有完好的果实，摘下来，装进竹筐包装好，堆满像小山，在市场上一斤只值得几毛。几年折腾下来，果农伤了心，把柑橘树全砍了。我上学的路上，再也见不到白色小花开在绿色树上。我同桌家的下坂村，盖起了一栋栋高楼，人称"小香港"，楼房的背后，柑橘园已是杂草横生。

故乡越来越多楼房，我也久不再尝到故乡柑橘的滋味。

柑橘在今天是平常的水果。从前在西方却是贵族才能享用的佳果。以奢华著称的罗马人，贵族家中宴客一定要摆上一盘柑橘，以示财势。这是由于罗马不产柑橘，柑橘是远道而来的进口水果，格调高得不行。文艺复兴时期的许多名画上时常可以发现橘子的影子。世界名画《最后的晚餐》餐桌上的食物，认真研究一下，发现是葡萄酒、黑面包、烤羊肉，用枣、苹果、肉桂、无花果做的汤，而在场的水果主角是橘子。橘子除了因为珍贵而入画，还因为色彩鲜艳倍受油画家青睐。大部分油画家都画过橘子，如果要列举，简直是一部油画史。

潮汕的人特别爱橘子。"橘"谐音"吉"，"柑"的谐音又是"甘"，加上颜色喜庆，橙红鲜艳，柑橘成了潮汕、闽南人眼中最吉利的水果，什么好事都少不了它：结婚纳聘，准备红柑六颗，六为顺；红柑再蒙上红袋子，红彤彤地挑过去，讨个好彩头。提亲好了，要结婚，更离不得它。酒席上，洞房里，堆得火焰山一样高。映着大红双喜，让人心里发烫。拜天地，拜菩萨，庙里烧香，也要用朱红盘子盛了芦柑，去拜拜。过年时节，街上到处都卖柑橘树，从上到下，果实累累流淌，金黄橙红，不胜丰美。

芹　菜

　　芹菜是我最喜欢的一种蔬菜。小时候妈妈让我摘菜，我怕脏，大不情愿，只有芹菜，能让我雀跃前往。芹菜生在水边，据说古代时长在山涧边，通体洁净，颜色翠绿透明，好似翠玉一般，叶子长得清清楚楚，摘下来很方便。有一种小芹菜，特别嫩，一碰是水，看它嫩生生躺白瓷盘里，真是一幅简洁的画。

　　芹菜炒牡蛎特别好吃，也可以炒腊肉、炒板鸭，似乎无物不可佐，是个良臣。辛弃疾曾作《美芹十论》，上献朝廷，对当时南宋军事提出建议，因为自己身份低微，故称"美芹十论"。典出《列子·杨朱》："昔人有美戎菽，甘枲茎、芹萍子者，对乡豪称之。乡豪取而尝之，蜇于口，惨于腹。众哂而怨之，其人大惭。"一个乡人，觉得自己的芹菜、大蒜、辣椒好吃得地上少有，便拿去献给贵人，遭了嘲笑。辛弃疾用这个名字，表示自己纯属忍不住想说话，也许说得并不好听。芹菜是一种古老的食物，从战国时期起便有，杜甫诗时常提到一种芹羹，至今我亦不了解做法。

　　我倒知道牛肉羹里是万万少不得芹菜碎的，撒进去才能调和出鲜香味道。虾丸牛肉丸汤底也需撒些芹菜碎上去，效果好很多。还有清蒸鱼等。我家乡的水面也是一定要撒上芹菜，白底绿末，衬着浇头，咬在嘴里，咯吱咯吱，配着肉和面，有芹菜鲜味、肉的香味，是一碗好面。夏天时，我家有一种吃法，芹菜切碎，十分悦目，热水一烫，捞起来，蘸料当菜吃，一家人争着吃。

芹菜最有名的一道菜大约是"雪底芹菜"，第一次是苏东坡提起，他去黄州后，种了一亩芹菜，作吃货诗一首："泥芹有宿根，一寸嗟独在。雪芽何时动，春鸠行可脍。"特意备注："蜀八贵，芹芽脍，杂鸠肉为之。"意思是说，芹芽脍，是蜀地的八贵之一，用斑鸠的肉炒了吃，十分好吃。物之贱贵，因人不同，在苏东坡笔下，芹菜是蜀中八贵之一。

无独有偶，清代美食家曹雪芹最喜欢的食物也是雪底芹菜，今日已经失传，大概是将斑鸠肉切丝和芹菜炒了，底下铺上蛋清，鲜嫩可口，色香味俱全。泥芹之泥虽是污浊，但它的"雪芹"却出污泥而不染。联想到曹雪芹自改号雪芹，"芹圃""芹溪"是他的别号，可见他确实喜欢芹菜喜欢得不得了。

我想起儿时路过芹菜田边，一派新绿在阳光微风里起舞，心境宛如微风和煦。如果是在溪边，溪流清澈，山石洁净，种植一片新绿，美哉！每到田间，即使园圃到处泥垢，一干蔬菜大多灰头土脸，芹菜生长其中，依旧轻盈飘逸、灵动洁净，令人见而忘俗，青翠的色泽，一涤胸中之垢，好像蔬菜里的竹子，别有清韵。芹菜这一特点，想来曹公先我二百余年觉察，故此自取了与芹相关的号。

关于芹菜，最奇幻的故事有关黄庭坚。《修水县志》中提到，黄庭坚有次做梦，梦见进了一个村子，进一户人家，看见供桌上有碗芹菜面，他端起来就吃，吃完回去第二天睡醒到衙门嘴里还有芹菜味。当天晚上又寻梦前往，那户人家里的大娘告诉他，她有个女儿 26 岁去世了，生前爱吃芹菜面，故此用芹菜面祭祀她。黄庭坚刚好 26 岁，看这个去世女孩子写的文章，和他写的一字不差。黄庭坚醒来后，作《写真自赞》五首，其一说："似僧有发，似俗脱尘。作梦中梦，悟身外身。"

什么样的芹菜面，能令人两辈子念念不忘？

烧　鹅

北有烤鸭，南有烧鹅。南京的鸭子飞不过长江。

一地有一地之食，一时有一时之饮。南人我寄居北京十载，对烤鸭没有生出热情，隔地遥望，念兹在兹，乃是广式烧鹅。

广式烧鹅有诸多门派，蔚为大观，连最出名的深井烧鹅都有百十家，《粤港烧腊论坛》说深井村的深井烧鹅每一家味道不尽同。好吃是一样的，皮脆，色金红，闪着宝石光泽，鼓鼓肚子里全部是汁水，拿刀轻轻一切，噗一声划破鹅肚，香气溢出，空气中弥漫袭人的肉香，被包裹其中的人深切感受到幸福。刀光雪白，飞快斩长条块，码盘。整整齐齐，一块烧鹅必定有两部分：一半是金红烧鹅皮，闪烁迷人光泽；一半是浅褐色厚肉，引人垂涎，越丰厚越美味。肉要肥，菜要嫩，在老饕眼里，肉之肥厚满口就是肉的美学。鹅肉要厚到三层以上，切好了颤巍巍，咬进嘴里，直顶到口腔上，满口肉和香气，合丝合缝，最满足口瘾。

切好鹅肉，把鹅肚里浓汁浇上去，微热鹅肉散发香气，脉脉如久别的情人，搭配一碟酸梅酱，又脆又香的鹅皮蘸上酸梅酱，香浓，酸甜，脆鲜。

据说夏至日要吃烧鹅。我在南边时认为：春日胜游，宜来一盘烧鹅佐酒；夏日长燥，宜来一盘烧鹅补身；秋来天气凉，宜来一盘烧鹅贴膘；冬日漫漫，宜来一盘烧鹅，下红泥小火炉上的绿蚁新醅酒。烧鹅之爱，宜乎众矣，无日不宜食。

烧鹅这样食物，上可登大雅，下可入小肆。我在桂林读书时，时常去"椿记烧鹅"吃饭，那店算是桂林最好的饭店之一，两层楼，里外厅敞，装修雅致，桌椅大方，举目可见绿植。我和同学隔三岔五前去大快朵颐，时常遇见师大教授和桂林名流在此用餐。一般我们四个人，来上一份烧鹅，一份我最爱的酱爆鹅肝。椿记烧鹅是深井烧鹅外我吃过的最好的烧鹅。它的脆皮似乎略松软湿润，体大肉厚，大约是火比较老，看起来色泽深些，不似平常烧鹅色泽鲜艳，倒像烧了黑糖汁浇上去，全身漫溢着黑水晶的光。四个人吃一份烧鹅，再点些马蹄丸子、南瓜苗、竹笋汤等，已经十分满足。值得一提的是酱爆鹅肝。我喜欢吃鹅肝，也吃过各种做法的鹅肝，尤其法式鹅肝，有红酒烹制的鲜滑。椿记的酱爆鹅肝是把鹅肝碾碎了炒酱和葱蒜，香气扑鼻，就着下饭，最佳。

我在深圳住过一个月，大街小巷，再小的巷子也有烧鹅叉烧店，各家茶餐厅里都高挂烧鹅牌子，日常办事回来，进去点一份烧鹅饭，不过 20 元左右，白米饭上浇着烧汁，入口甘甜。配几块烧鹅肉，一碟煮青菜，几乎每日三餐，尽是如此，可谓平易近人。

我吃了烧鹅许多年，最近才知道唐代以前烧鹅已经颇风靡，联想到大街上高挂牌子的烧鹅门面店，感慨起来：不愧是我大爱的美物，竟能在一个民族的饭桌上称霸上千年。

烧鹅是唐代最流行的食物之一。这要从唐代人养宠物的习惯说起。唐代人最喜欢的宠物之一是鹅，几乎家家户户养鹅。姚合《扬州春词三首》说："有地惟栽竹，无家不养鹅。"骆宾王7岁吟诗："鹅鹅鹅，曲项向天歌，白毛浮绿水，红掌拨清波。"可见鹅是唐人居家旅行必备之爱宠。古代人结婚时从周礼，有"奠雁"的习俗，即结婚之时要送上一对大雁为聘礼，无奈大雁太难射，为了避免单身，唐代人养起了鹅，代替大雁。养的鹅多了，吃鹅肉就多，做鹅的方法也多，烧鹅在唐代人诗文里随处可见。

唐代最著名的烧鹅法是尾宴八仙盘（剔鹅作八副），分别按照几个部位去烧，最后分给性格各异的人吃。一个宴会上，按照唐代饮食习惯，鹅大致可分为：头、脖、脯、翅、掌、腿、肫、肝，按照不同部位分别烹调，火候不同，调味不同。这般精致烹调，不知是什么滋味，假如有李白、王维、孟浩然、李商隐、岑参、杜牧、杜甫，可能李白分到红烧鹅翅，杜甫分到烧鹅腿，王维分到烧鹅肝……大概是善写书法的分到鹅翅，善走路的分到鹅腿，善唱歌的吃鹅脖子……今日已不知八副做法，殊为憾事。

如今广式烧鹅最出名的是深井烧鹅。

许多人顾名思义，觉得深井是个地名，烧鹅发源于此。刚好广东确实也有个深井村，专卖烧鹅，于是越发信以为真起来。事实上深井是由于烧鹅时，需要在地上挖一口深井，把鹅放进去烧，故名为深井烧鹅。由于深井烧鹅名声大噪，出现了专营此业的地方，聚集一地，都卖深井烧鹅，于是叫作深井村烧鹅。这是个鸡生蛋蛋生鸡的次序问题，又，世间之事，真假之间，辨源正流，原本是极难的事情。

深井烧鹅选择中、小个的清远黑棕鹅，去翼、脚、内脏，整鹅吹气，涂五香料，缝肚，滚水烫皮，过冷水，糖水匀皮，晾风而后腌制。又在地上挖出一口井，下堆木炭，鹅就用钩子挂在井口烧制，不停转动，皮色数变，由明黄到金黄，由金黄变成金红，然后油珠渗出，皮脆肉美。这过程，有几分艺术感，但现在多用明炉烤。

我还没去过深井村，猜想一定是极好的，如果能和济南毗邻，每天吃烧鹅，喝清澈啤酒，是天堂所在。

吃鹅肉也有禁忌。据载，朱元璋手下大将徐达，身患背疽，为朱元璋所猜忌，赐一盘烧鹅给他，他食用后便病发身亡。传言未可尽信，我记得背疽发作是任何肉、海鲜俱不能食用。唐代诗人孟浩然，也患背疽，适逢好友王昌龄游襄阳，两人相见甚欢，纵情宴饮，食用鲜鱼，导致孟浩然病情恶化，不治而亡。可见不只是烧鹅不能食用。这段故事看起来更像是一个吃货的故事，徐达喜欢食烧鹅，明知背疽不能食用，还忍不住食用了，像拼死吃河豚的人。朱元璋的食谱史有记载，上面最常出现的食物是烧鹅和猪头肉，说不定是朱元璋一激动把最爱的食物赐给大臣徐达，与他分享而引发的故事。这故事只是增添了烧鹅的神秘色彩。背疽在古代，被目为绝症之一种，无药可救，吃不吃鹅肉，都是必死的。

一般认为鹅肉甘温微毒，如果有毒症，少吃也是对的。一大盘璀璨烧鹅当前，要停得住筷子。

食在泰国

北京冬天极冷并将更冷的时候，我临时起意，上了去普吉的飞机。

落地到旅馆已是黄昏。机场漫天绯红，飞机上好几个小时，早已饥肠辘辘。酒店餐馆挨着大堂，点了几个菜，泰国菠萝炒饭几乎是必点食品。普吉四面海，岛在海中央，海鲜水果跟不要钱似的，一份菠萝饭里有鲜艳的虾仁、金黄的菠萝、绿黄瓜、白鱿鱼、腰果、松仁，色彩明艳，看起来有食欲。加上咖喱虾和香蕉饼，一盘翠绿空心菜。觉得餐厅沉闷，让服务生把饭食和酒装在黑色托盘里，送到游泳池边，腿浸在蓝色水里，看着天上的月亮，听水声汩汩，一顿饭用完，已经疲累全消。进房间冲了凉，换上吊带裙，行去巴东海滩。

巴东海滩世界有名，其实街道不大，挨挨挤挤牙签一样都是街道，商店一家一家都令人流连忘返。有些商店是热带雨林风，大面积墨绿色，原木色家具，深色阴影感的装饰和现代风格绘画，大大的猫头鹰在屋梁上睁眼睛，驻场乐队卖力吹着萨克斯，旁边的歌手跳踢踏舞和吹口哨，音乐热烈。我看了一会，确定下一秒我将要被拉入跳草裙舞了，便赶紧离开。下一家店是咖啡馆，满满的热带兰花香直从门口溢出来，音乐悠扬，却是高尔韦长笛。开头一段都是咖啡馆、酒吧，我闲看过去，巴东遍地是人，大多是身材姣好、晒得黝黑的外国妙龄女郎，眼睛明亮，旁若无人地露着美好肉体。去之前觉得巴东到处是人很恐怖，去了之后才知道原来这么可爱。遇见一家水果店停下来，满满当当的热带水果，真是水果爱好者我的天堂。毫不犹豫先要了两个大释迦果，这种水果国内少见又死贵，能买到的大多半生不熟。刚买的两个足有我脸大，果瓣丰满，散发蜜一样的气息，这才是号称全世界最甜蜜的水果嘛。又在榴梿和波罗蜜中间犹豫半天，买了一盒，不，两盒波罗蜜，一盒泰国网红小菠萝，还有红毛丹等，足足挑了半小时，捧在怀里，一步一回头，想着去海边吹风吃水果是一桩美事。向前走了几步，开始后悔了——前面竟全是海鲜烧烤店，芝士龙虾、烤帝王蟹、烤咖喱蟹、烤青口……足有一千家，每家有一千种吃食。当下很想立马扔了怀里的水果，扑到摊上吃芝士烤龙虾，来一大盘芝士烤青口或香草烤牡蛎、鲍鱼。无奈肚子容量有限，我还是去了海滩吃波罗蜜，好甜。

第二天我去了皇帝岛，在岛上住了三天。泰国是一个各种消费层次兼容的地方，多少钱都可以买到快乐，我的财力不足以像土豪一样泼洒，这次旅行颇为愉快主要是因为我大半时间都在皇帝岛上待着。皇帝岛据说是从前泰国皇室专用度假岛，故而得名。岛上草木葱郁，鲜花遍开，海水碧蓝晶莹，白沙滩美不胜收，海鸟、热带鱼络绎，有无边泳池，有浮潜海滩，早起在树林乱走听鸟叫，有时在门前看海醒，傍晚看海上日落，颇惬意。岛上有一家悬崖餐厅，我第一次去后一发不可收，每顿在她家吃饭，最后干脆搬去她家酒店住。餐厅确实绕在悬崖上，好像腰带一般，但悬崖不高，坐在桌前，俯身离海面不远。清澈如琉璃的海，对面是普吉岛最美的白沙滩，潮起潮落，日落黄昏，白色或红色游艇逍遥其间，光景色便可充饥了。我是个挑食的人，很怕被低劣食物惊扰，这里可供挑选的菜略少一点，虽然每餐在这里吃，但就点了几次咖喱蟹，配上泰国有名的空心菜或者牛油果炒虾仁，味道颇适口，不知道是不是在海中的缘故，咖喱蟹竟比外面便宜。最后一天，我打算少吃一点，就点了盘炒河粉，举筷一尝，忍不住吃到一点不剩，感叹泰国人天生是厨师，这么随意一盘粉，也能炒得这么好吃。

从皇帝岛返程，下榻的是巴东海滩的酒店，面对着海，是最繁华地段。傍晚时分，沿街出去，一条街飘着浓郁的香奈儿香水味。酒店餐馆林立，太多选择反而拿不定主意，且行且看，无意中进了一个街边的 Street Foods，就是泰国街边小吃的集中地。一进去就乐了：泰国街边美食是泰国最大的特色，平时散落在街头巷尾，这个地方把它们集中起来，大概也是个北京护国寺、成都锦里、武汉户部巷的意思，烹饪未必顶级，胜在品类繁多，本地特色明显，我等游客，五脏庙见了十分欣慰。色彩鲜艳的水果摊，果汁、果盘、水果饼、烤香蕉饼、榴梿酥、椰子汁、菠萝冰沙等，泰国最盛产的水果和相关制品都有。烤肉烤海鲜摊子最多，烤肉摊上似乎主要以稀奇为贵，常规的烤羊肉牛肉被挤在一旁，陈列的是烤驴肉、鹅肉、野鸟肉、猫头鹰肉、鳄鱼肉……我想，天鹅肉不知道有没有，认真找去，还真有，到底不敢点。旁边是海鲜，大小黄鱼、梭子鱼、白带鱼、海螺、章鱼、大龙虾、帝王蟹……扎在冰摊上，点了一条看起来很好吃的黝黑的鱼，又点了两个大响螺、一只大章鱼，店主立马做起来，一会装在小盘里，送到我桌上，就着啤酒慢慢吃，味道过得去，不过挑选乐趣多多。到处是炒海鲜粉丝、烤肉、海鲜饭、水果食品，但凡能想到的尽有，是个不错的地方。

　　下一顿去的是普吉岛的网红店——9号店，和一个女孩子兜兜转转找到，在大街上，店面不大，门口等位的人足有半条街。听说开了家分店在山上，风景优美，这里排队人多，店主问要不要送我们去山上分店用餐，听起来诱人，但考虑到行程30分钟还是放弃。在这里点的菜大多常见，咖喱蟹、空心菜、杧果糯米饭、海鲜粉丝、鲜榨果汁、烧海鲜等，但味道确实略好一些。我边吃边看对面坐的女人：长发低垂，有一种类似邓文迪的中西结合的妩媚硬朗，风情款款。我暗暗欣赏，她旁边的男人看似精英，十分谦和的外表下有隐约的傲慢，吃饭时两眼只盯在她脸上，谈笑风生。吃饭时看这么一对，十分养眼。大家共用一张大木桌，女子看我面前菜盘排满，伸手把她的菜盘后撤，我领情，彼此间交换一个心照不宣相互欣赏的眼神，也是一种乐趣。

　　泰国的美食说着看着有几千种，归纳起来其实主要是三类（当然主要凭据是我的口味，对国内泰国餐厅主打的冬阴功汤我是闻都不闻）：一种是咖喱料理，主要是咖喱加海鲜，以咖喱蟹为主。我积年吃蟹，也算了解螃蟹的做法，清蒸螃蟹下面的粉丝，避风塘炒蟹是我大爱。泰国咖喱蟹的烹制有效地解了蟹的腥和腻，加入了香，提了鲜，在盘里，鲜红伴着金黄，衬着香草，入口香浓，特别下饭。再叫一客炒得五彩斑斓的海鲜饭，一杯泰国大杯料足鲜榨果汁，坐在海边慢慢吃。另两种是热带水果和水果食物，最著名的是杜果糯米饭，每家饭店都有自己特色的杜果糯米饭。我吃的一家是晶莹糯米拌着白糖，切得细致的杜果肉，加一杯新鲜椰蓉，边吃边浇椰蓉上去。我吃的时候，有几只鸟落在旁边的草地上啄食，胃口大开。

还有榴梿饺子、榴梿冰棍，我都尝过，美味。街头小摊卖的香蕉飞饼，摊边总立满等候的人。

环境上大体有几类。Street Foods 此类小吃中心谈不上装修环境，类似国内大排档，就是比国内大多大排档干净得多。在巴东海滩和泰国街头，散落不少这样的排档，大体环境洁净，放上亮丽可爱的啤酒车甜点车，车边站着浓妆妖娆的销售女郎，笑容可掬。摊档基本顾客众多，气氛热烈，人多的地方有驻唱歌手和乐队，敲着鼓，说唱歌手唱着 Rap，气氛很燃，是夜宵的好去处。露天坐着，沐浴星光，和来自全世界各种肤色人群拼桌，听着各种语言并比手画脚聊天，也是一乐。

有一类餐馆是我本人最爱的，就是悬崖餐厅，在泰国尤其普吉岛常见。建于悬崖上，临着浪花不息的深海或者黄金海滩，我去得最多。选一个观景角度绝佳的位置，看着外面的景色，喝喜力，一杯又一杯，或者冰咖啡，加上一盘咖喱蟹，真是好辰光。

以上两种美食环境都是偶遇，我度假时查了下，在普吉岛，最好的餐馆是一家米其林三星的蓝象餐厅。据说餐厅由原来的王宫改建而成，其本身就是一件艺术品，令我无限向往。只是就餐需要一个星期前预约，离我有半个岛的距离，到底来不及，颇为遗憾。另外就是巴东海滩上的各种高级餐馆，要么面朝大海，大门旁尽是冰冻的海鲜和神气活现的帝王蟹、大龙虾，白色的香花堆满直挤到门门口，一坐下去就有人替你点着白色蜡烛，场内弥漫着轻音乐，食物也精美，我去了几家都是如此。巴东海滩上有一家最著名的日落餐厅，可以一去，还是以海景取胜，坐着能看见粉色的天宇、白色的沙滩和蓝色的海。我去时是正午，等不到日落，如果赶上日落，想必好景无限，特别适合情侣共进晚餐。

食　余

　　说起我吃过的餐馆，环境印象最深的一家是在西湖上。彼时我刚毕业，行去杭州，偶遇了一个餐馆，格制为长廊水榭，弯弯曲曲伸进了西湖。时值初夏，荷叶田田，远处是断桥，近处是苏堤，白堤杨柳依依，湖面碧波荡漾。人不多，我坐在长廊上，桌椅清淡色调，齐栏杆高，绿色小叶荷触手可及，水光照人面。点了两三个菜，其中一道是东坡肉，慢慢吃了一个多小时，受用了好些荷风，有些不思归。

　　还有一次在上海，苏州河旁边有一座拱桥。我一早起来，踏着石板路，走过温柔的晨曦和淡薄的河雾，走过拱桥，宛如画中人。饭店就在拱桥边，并不大，人很多，坐下来，还是听得到旁边汩汩的河水声。饭店明净整洁，一字排开黄澄澄蟹黄生煎，旁边大铁锅热气氤氲香得让高僧破禅，是牛肉汤。当地人在此用早餐，说着吴语，叨叨呖呖，好像小雨漫江。就这么一个闲淡的早上，一盘蟹黄生煎加一碗牛肉汤。

　　忘了那次去漓江做什么了。每次到漓江我便放开了乱走，无惧迷失，反正满目青山，多想什么，一条漓江在那，何必寻路径。穿过一个古镇后，遇见一挂藏在古木后面飞溅的瀑布，一半是闪亮晶莹的流泉，一半是苍翠的古藤。飞瀑流泉飞溅下来，一座崭新的竹楼就立在瀑布边，若坐在二楼听瀑布响，手伸出去能接到水珠。竹楼新得好像还散发着竹子清香，竹楼脚开满黄色小花。我马上就进去了，点了新蕨菜、腊肉竹笋、土鸡、桂花酒、漓江鱼。竹子是江边的，蕨菜是竹子下采的，腊肉是山上放养的猪加工成的，桂花酒是桂林最好的，都盛在竹子做的容器里。坐在二楼听瀑布，喝酒。回想起来，遇见它的刹那感觉真是宛如神话一般不可思议。

阳朔还有一个饭店是我特别喜欢去的。在月亮山对面的明月酒楼，也是一座大竹楼，竹制的楼却奢华得像皇宫一样。记得小时候看连环画，说一个仙女下嫁读书人，她妹妹小仙女给她做了一个竹楼模型，到了尘世就变成真的亭台楼阁，第一次见到明月楼时我就想起了这个故事。明月楼，"明月楼高休独倚"，光这三字就令我遐思不已，逸兴横飞。每去我必要坐在二楼，一口气喝完一可乐瓶的桂花酒（度数极低），他家的桂花酒太诱人，可从傍晚喝到暮色浓重，夜色深沉。月亮山上地形形成的"月亮"从红月亮变成幽蓝的月亮，和天上的明月交映，人又坐在竹楼上，手可摘月，飘飘然有成仙之感。

研究生毕业时大家纷纷上街买土特产，什么桂林三宝、罗汉果、龟苓膏之属。都问我带什么走，我说，我想带月亮山的桂花酒走……别人严肃地说，飞机上不可以带酒。到底没带。那桂花酒度数大概和啤酒差不多，就是入口柔腻，桂香浓郁，说不出的醉人，只记得当年山前一醉，醉到如今。

　　　　　　　　　　　多　情　故　我

去成都，人文繁华，宽窄巷子和锦里，家家精绮，户户巧思。一路行去，流连不已，深陷严重的选择犹豫症。我去的时候，正是秋天，一街的黄叶红叶灿如披锦。莹蓝的天。峨眉山过来的悠远山风。走了半天，举棋不定在哪家用餐，后来看见两扇巨大的黑木门，高高的门楼，下意识就进了。许是门面太气派，竟没几人进来。我这个人向来举重若轻，去哪都云淡风轻。原来在此处用餐，还有汉代的舞蹈表演。话说用餐看演出这种事情我也是经常遇见的，所见无非粗糙鄙陋，我并不太喜欢。比如有次在北京一个王府用餐，旁边是一妇人弹琵琶，弹得断断续续，害我吃饭心神不宁。据说"皇家粮仓"里的牡丹花不错，还有昆曲，我倒惦记。但在成都这次我却意外了。汉代舞蹈，大约是折腰舞，得益于成都佳丽之窈窕秀美，汉代服装又做得修长精致，带着长长的翎毛，音乐响起，折腰为舞，婆娑多姿，人影绰绰，舞袖翩翩，让我也感受了下司空沉醉的心境。浮了三大白就闲坐着，慢慢看她们跳折腰舞、胡旋舞、羽衣舞，横笛清奏，琵琶若急雨，神游天外。其中有一支水袖舞，水袖宛若游龙，翩若惊鸿，舞者发髻斜堕，舞到急时，发髻上的花摇摇欲坠，又是且歌且舞，歌声婉转，看到后来我恨不得取一云板，清歌相和。用餐的人不多，寥寥无几，台上的看我台下的，也是忍俊不禁。有一种奇妙的和谐。

　　到了北京，有些懒得动。有年春夏之交，去坝上骑马。骑着马在开满小花的山岗上，看青松下面白色的花海，恍若非人世。清晨醒来，独自一人去山上，一山紫色小花和晶莹露珠，如梦如幻。用餐是在农家院，大桌，端上来一盘红黑肉，说是烤全羊，每人只能分两三块。我只吃了一块，放下筷子，走出来，看见隔壁的大院子里，主人正在精心用各种香料烤一只肥羊。我就上去软磨硬泡，让主人卖我一条羊腿。主人说只卖整只。我不死心：要不四分之一？要不半只？正在孜孜不倦地努力，各种舌灿莲花，试图说服主人，眼看口水都要淹没院子了，旁边一个桌子上吃饭的人已经笑惨，招手请我一起分享他们的烤全羊。满满一桌子烤全羊，一对情侣，女的娇柔秀丽，男的器宇轩昂。我也不客气，坐下来吃了。

　　吃货应该到洛阳。如能起得早，可以步行到老城区的菜市场去，洛阳不大，菜市场就是人流汇聚的中心。市场边几家铺面像 240 度展开的吃食店，里面人都一样满，随意一家走进去，木条桌椅，柜台前一个大铁锅，热气腾腾，肉香味飘满了一条街。自己拿了大铁勺舀到碗里，呵着气端到桌子上，再戳戳桌子，老板就问你一还是半，或者二还是三，我说半。老板一转身就端了一个大长条盘上来，里面小猪似的一个挨一个躺满了煎得金黄的生煎饺，半盘！别人看我惊讶，一叠声说：洛阳人早餐就是这样的，羊汤随便喝，生煎随便吃，您随意。好像生怕我一惊讶就不吃了。我夹起来咬了一口，真好吃。

　　上午看完牡丹，下午去了洛阳的文化城。在街上走，到处布旗招展，"水村山郭酒旗风"，颇有风味。古雅的小店一家家挨着，要么站满一人高的唐三彩马，让我进去觉得自己很多余，要么卖扇子和香料，让我一看半天。出来时天色已晚，我打听到洛阳水席是传统宴席,在街上找半天,只找到两家餐单上写着水席。我犹豫半天,选定一家,门面不是特别气派,我很没信心,还是决定一问,能不能为我做一桌水席?中年老板娘果然一口回绝。我问原因,老板娘一脸不屑地说,洛阳水席一共 108 道菜,我一个人没法做。我想也是,但还是不甘心。继续往前走了一段路,又绕回来问老板娘,能不能做个简版的?她开始不耐烦,到底经不住我磨,答应给我做 6 道的小席。后来才知道水席的由来,原来是因为洛阳少雨,所以当地吃什么都喝汤。

据网上搜索来的资料,所谓"水席"有两个含义:一是全部热菜都有汤;二是热菜吃完一道,撤后再上一道,像流水一样不断地更新。全席共设 24 道菜,包括 8 个冷盘、4 个大件、8 个中件、4 个压桌菜,冷热、荤素、甜咸、酸辣兼而有之。上菜顺序极为考究。先上 8 个冷盘作为下酒菜,每碟是荤素双拼,一共 16 样。待客人酒过三巡再上热菜:首先上 4 大件热菜,每上一道跟上两道中件(也叫陪衬菜或调味菜),美其名曰"带子上朝";最后上 4 道压桌菜,其中有一道鸡蛋汤,又称送客汤,以示全席已经上满。热菜上桌必以汤水佐味,鸡鸭鱼肉、鲜货、菌类、时蔬无不入馔,丝、片、条、块、丁,煎炒烹炸烧,变化无穷。感觉我老家的宴席也很像水席,我祖上据说就生活在洛水边,很多风俗确实还蛮相似的。6 道水席端上来,外貌不甚出色,我心中有点忐忑,举筷子起来一尝,味道鲜美,遂放心大嚼。

有年去天津，我穿着白西装、蓝色旗袍裙，去看海棠花。张学良弟弟家有一棵海棠好大，只是墙高，然而我轻轻一扭就上去了（想我们中文系淑女，文能插花，武能爬墙），然后坐在墙头看花。路过的人都对着我笑，我也对他们笑。我要下去的时候，有人还特意推了一辆小板车让我跳下来。我很喜欢这样微妙的心情：我独自坐在墙头上看花，大家路过也没有大惊小怪，真好。他们都寒暄似的问我，花好看吗？我说好看。然后找个酒吧，坐在花下，慢慢喝果味伏特加，喝上半天，看着一街的海棠云霞，直到日落，云霞和海棠花云一色。

　　话说天津老街的榴梿芝士慕斯真是我吃过的最好吃的甜点了，吃完我还舔了一个盘子。

　　　　　　　　　　　　　　　　多　情　故　我

故乡的野果

春天一到，江南人忙着摘野菜，风和日好菜花黄。蕨菜、荠菜、马兰头，《诗经》里写过，周作人写过，汪曾祺写过，好不厉害。大概是闽南蔬菜瓜果太多，从小到大，我没有食过野菜——有也是海里的，比如海带、紫菜之流。开车去无人海滩，海色碧蓝，满满一沙滩绿乎乎的，不知为何物，走近一看，尽是海带、紫菜，可以捡一车回来。海带用刀切成块，加小排骨，煮海带汤，最好加入黄瓜，就是韩国著名的黄瓜汤了。汤色清凉白色，和市场上卖的死咸海带大不同。紫菜则洗尽泥沙，紫中带赤，可做紫菜汤，放虾米、排骨同煮，也可以用橄榄油慢慢煎熬，做成炒紫菜，颇可口，有一种海风的清甜味儿。

大概没有比野菜更为春天的，春天一到，野菜漫山遍野。野果也是。我的家乡闽南没有野菜，到处是野果。

小时候我家住在乡下，春天一来，真是好风光。夏天、秋天，都是。冬天会有很多劳作的人，在田野里散落得到处都是。

春天我们要上山去摘野果。

这是孩童时代的节日。我老家村后共有几座山，我至今仍不清楚。村后望过去，不算太高的山卧着，一条绳子样的山路通向山顶。爬到山上，发现山上有山，山后是山，连绵无尽意。山的下半截是荔枝园，油绿深黛，上半截斑驳难辨，草木深沉，一扑进去，草能过人头。山和山之间，有涧水流下，被草木翠色埋没，沿路走去，满是水流声，却看不见山涧在何处。听着水流声，绿意横流里走着，人恍惚起来，爬上荔枝岭，又爬过一座山，山路两旁排闼而入两座青山，山上还是山。

小伙伴们欢呼起来，放下竹篮，我也把布袋从背上取下来，坐在山上。山路旁这两座山，长满松柏，看起来分外青翠，满山的草不高不矮，修剪过一样，又蓬松柔软。山路往下，是一个碧湖，湖有半座山大，由千百条泉汇成。湖水太清，山上的草木色全倾进去，绿得如翡翠通透，照不见山的地方，又蓝得似丝绒，在阳光下，明暗变化，我总贪看湖，去摘野果时总落人后。

风日佳好，一边赏景一边采撷野果，心情轻快，这是我热爱此事的原因。《诗经》里有一首《芣苢》，被王夫之大赞，也是此意，简单的劳动有时却可以带来很大的乐趣，古今人同。

野果有油柑。个头小，圆形，像珍珠一样攒生一把，也闪着光泽，比珍珠大，却也大不过拇指。油柑树叶长得有点像槐树叶，细碎如齿，远看上去，像挂了一排小梳子，迎风摇摆。油柑的颜色是浅绿的，半透明，果子上有一层油脂，不知道是不是因此得名。它长的位置特别，全部生在叶子下面。小时候觉得油柑很具观赏性，吃起来却不敢恭维，一入口又苦又酸，让我脸皱成一团，眼泪几乎流下来，然而苦味过后，一股猛烈的甘甜泉流一样喷射出来，弥漫在口腔，一个小时里嘴里都是甘的。一个指头大的果子，能让人瞬间体会从地狱到天堂的感觉，犹如腾云驾雾，上下跌宕，也堪称神奇了。我怕苦，不爱

　　　　　　　　　　　　多情故我

吃油柑，视如畏途，别人却爱吃。山上生得多，摘回来，洗净用盐水泡了，放在盆里，搁在桌上，就是茶配或饭余吃食，也有人拿去配粥。乡下人一饭一食，无不取之自然。怕苦的人，用糖浸了吃，街头小摊上有售，一大盆，前面常围着下课的小学生。也有人用盐浸了，装在玻璃罐里，一罐罐的让人买回去吃。我对各种形式的油柑均不接受，唯独喜欢酿油柑酒。我不爱吃油柑，问过妈妈，油柑摘回来有什么用处？妈妈说，人家摘你也摘，总有用处的。生活里，随波逐流也是一种朴素乐趣。我去山上，也时常摘了不少，洗净放在盆里，青玉玲珑，玩赏终日，到了晚上，全部下在酒坛，做了油柑酒，褪尽苦涩，唯余甘甜，倒是不可不尝的好物。

油柑生在阳面山上，我每次摘够了，迅速跑到山的阴面，那里长着成片的桃金娘，也叫哆尼，这个名字百度百科也承认了。和油柑的清高比，哆尼是大众情人，拇指大小，又酸又甜，没熟时是青色的，慢慢变黄色、绛红，成熟后全黑，黑得发紫，把它小花般的头一拧，入口甜得倒吸气。果子成熟的甜，是沁人的，心情不好时，吃一个甜到心里，吃几个后，就完全忘记为什么烦恼了。我觉得这才是开心果。

哆尼很多人吃过，但大多吃的是刚熟的。如未熟透，可以采回去，在竹箩放上一天一夜，很快就熟了，虽然不是枝上熟，也很甜。哆尼树长得很矮，应该是属灌木，果实一棵只生几个，人人爱吃，在山上见到，经常边摘边吃，一次也只能摘两斤回去。乡人上山去干活，无意中看见了一片哆尼，会当作一个小秘密珍藏，只在喝茶聊天时偷偷告诉最要好的人。

第六辑：多情故我

不知怎的，他讲起他的祖父是以色列人，偶然来到中国，到景德镇被瓷器迷倒，从此终身住在这里；他还说起祖父和祖母的爱情，用手比画的恋爱，说时脸上带着轻笑，映得身后将晚的天色越发浅蓝。风从街上穿过，我立在那里，听着这个少年对我这个遥远的陌生的女子吐露心事，讲一个古老而美的爱情故事——真是很美好的一次遇见。

风雅或美好的那些事

屋里落雪。

开窗看月。檐下蜡梅开了第一枝，到山下汲泉沏茶。听琴喝茶，无所事事一天。有时背着酒去很远处赏梅。春天来时沿着溪水去采蕨菜，在清澈溪流边的石头上喝酒，赏杜鹃红。寻江中风景佳处，立小舟看落日，不执桨，顺流而下，任其所往。暮色起时，舟上风中，和知己一二，谈笑风生。

独行穿过溪谷，看落叶翩然而下，听林间溪响；爬了一天的山到山顶，找一块大石头，或坐或卧，或茶或酒，看白云悠然，人等同云悠然，一整天；夜半宿在高山巅，看满山露珠滴翠，云气氤氲。寻一秋日上高山之巅，夜半看皎月当空，伸手可得，身如羽化。

秋天菊开满园，带上酒，备一烤肉架，在花下席地而坐，三五人，喝酒猜枚（一种游戏，多用为酒令）。风晴日丽，驾帆船到海中央孤岛，四面烟波浩渺，生火做饭，吃一顿家常饮食，垂钓或不垂钓。

或穿过一个城市去看红叶。落叶满地不扫。落花满地不开门。每一年把花园里开的第一朵花郑重保存，以志岁月流失。夏日把茶叶放在一朵含苞待放的荷花骨朵里，绑定，第二天取下泡茶。初雪，大雪，收集梅花树上的雪，或竹梢头的雪，装进罐里甑里，在石案上沏茶。

独坐至深夜，灯下磨墨，画半幅山水，渺渺，拨动琴弦，淡淡。春山明净，行尽春山；秋山浓艳，胜赏秋山。闲坐桂树下观书，任桂花无声落满头，心与花俱落。

遇　见

　　据说生命是一场盛大的遇见。就将对这份遇见的感谢献给陌生人吧，这些年来，我走着走着遇见的那些人。关于陌生人，倒有许多好时光及有意思的事。

　　本命年那年，突然想独自旅行，于是坐上开往杭州的火车。正是初夏，荷叶初圆，翠生生铺满池面，西湖边上，杨柳还酥软，一些枝头开着不知名的大朵的淡紫色花，桃花是都已经落尽了，不过苏堤上还笼罩着桃花红时的旖旎，可以想象桃红流水之时的绮艳。每个公交站都不大，坐错车了，下来走着，到处都绿意浓深，植物佳好；踏进西湖边的古巷里，一家挑着帘子的柜子上，摆着苏小小爱的桂花糕，水榭的桌子上端上来的是东坡肉、西湖醋鱼……我遇见的杭州，如斯佳好，就悠然地逗留下去，以为就到此了。没想到杭州人令我大吃一惊！

　　去过很多地方，杭州人是最令我称许的人群之一。一个人闲走，看见路边有个美术馆就踱进去，以躲几近直刺的初夏正午阳光。里面正在举行现代艺术雕塑展。厕身耐心地看，觉得很不满意，当时中国的现代雕塑界很浮躁，出来的作品大抵用浅陋的直白象征，看得我不断摇头，再看到金奖作品是《围城》，就是仿做了几道城墙，觉得非常不可思议的浅薄，于是嘟嘟囔囔。旁边一个老头走过来，个子不高长相普通，问我感想，我也年少轻狂，大言不惭地批点一番。他在我背后听着不断点头，就这样两个人看完了上下两层，在他赞赏的眼光下我特痛快地把这个所谓中国年度的现代雕塑展每件作品都批得一文不值。

看完雕塑展，我转身想出门，他邀请我坐下喝茶，我才意识到刚才他坐在一个角落的大圈椅里。于是我们接着聊天，我不记得自己又滔滔不绝说了什么，总之相谈甚欢，他似乎问过我有无男朋友。

最后实在想走了，老头问我："你觉得杭州好吗？"我说："好啊好啊，天气好风景好人好各种好。"

又问："想留这里吗？"我说："想啊。"

他说："好。"把手往后面一招："小高、小张、小姚，你们三个出来吧。"后面出来了三个高大的男孩子。他微笑着说："你挑一个吧。"

我蓦然睁大眼睛。之前我号称泰山崩于前而色不变，舌辩群儒不怯场，和哪个陌生人说多少都不会尴尬，此时瞬间被打回小女儿面貌，羞得一脸粉红，一句话也挤不出来。我第一次被陌生人打败了，被杭州人。当然我没好意思选，接下来简直头也不敢抬。那天老头还约我晚上去游湖喝茶，我先含糊答应了，因为一个女子在外游荡，到底没敢赴约，放了他鸽子。

这并不是第一个令我感到惊异的杭州人。在西湖晃够之

　　　　　　　　　　多情故我

后，我又去了龙井探茶。在公交车上，看着窗外一片绿意深处失神，旁边有人轻唤我，回头一看，一个农妇模样的人，背着茶篓，脸上稍有风霜色。她问我："姑娘，你是读书人吗？"我说："是啊。"她说："我一看你就是读书人。"我笑，说："采茶也很好啊，不一定要读书。"不料这一句，惹出她滔滔不绝的话来，大意是现在杭州条件好，年轻人不用上学就有工作，实在不行就做导游，所以学历大多很低，都不愿读书（当然，这是她个人看法），她自己的女儿也如此，她为此事十分烦恼，烦恼得连茶都不能专心种了。我只能聊作安慰。她又提出要求："你能不能跟我去我家，劝说我的女儿？你一定可以说服她的。"看着她渴求的眼睛我没力气拒绝，原计划去龙井探茶，改道去了她家，也在茶园边，劝说她女儿两个小时，足足喝了几大壶茶，看着态度有点松动了，也不知道到底结果如何。茶农千恩万谢，临走赠予我一包龙井。说起来这是我喝的第一包明前茶。漫步杭州，湖光山色之外，最令我惊讶的是这杭州人吧。在他们江南山水般柔秀的表面下，是有着刚烈之气的。

喜欢旅行的人在途中总会遇见许多陌生人。毕业的第一年去庐山，两个懵懂的大女孩，在盘山公路上转到了山顶，车门一拉开，白花花的东西往车里直冲，仔细一看原来是冷空气……我们从山下穿着白色超短裙上来，于是奔跑着去租军大衣，入住宾馆。山上宾馆太少，黄金周期间，不管多少钱都只能打地铺。里屋一屋子女人，都躺在地上的席子上，看着屋顶大声聊天，我开头没太注意她们在说什么，后来听一群人围着两个人笑得做出肚痛下蹲姿势，就凑过去听。原来被围着的两位是某军区司令的妻女。司令妻子块头不小，说话响亮，见我好奇，又把她们一路的惨状讲一遍来让我开心。当时全国各省之间的银行还没联网，但是省内已经联网了，她们用惯了卡，于是就带着一堆卡和少数现金出了门，结果刚入江西境内就没了钱，只剩20元现金和一堆用不上的银行卡，眼看要乞讨，电话那头（当时有电话卡）老头子也急得暴跳挠脑。上庐山要门票、车费，上了山要房费，眼看连饭都吃不起了，祸不单行，在上洗手间时，和她一样胖的女儿下蹲过猛，牛仔裤裂开了。这下可好，不但是没吃没住，连穿都没有了！

司令妻子说话十分生动，北方人性情又开朗，用响亮的嗓门，边笑边说，咯咯吱吱，把这件事从头到尾说出来加上点评和叹气，我们又笑翻了一屋子。道是已经倒霉到极点，只好留在庐山脚下，上不来，饿了一天，做好准备进饭馆捡人家吃剩的饭菜，又准备在面前放一个白纸板，写上来龙去脉，在路口向路人乞讨。这当口，遇见一个导游，导游听完她们的叙述后，忍不住同情她们——她们用调侃的口气说，已经可怜到连老油条的导游都同情她们了，也不管她们是不是骗子，就决定把钱借她们，送她们上山，和我们一起躺在地铺上，吃了晚饭。司令妻子拍着大腿说：到现在才知道，人生有饭吃、有不破的裤子穿就是最大的幸福。就这样，一屋子人，来自五湖四海，遇见在这一屋里，躺着聊天聊了半个晚上。萍水相逢，屋

　　　　　　　　　　　　　　　　　多 情 故 我

外是飕飕山顶冷气，屋里热闹和煦，暖气如同炉火一般暖融融。

第二天一早上五老峰，我和同学两人自由行走，吃吃野生猕猴桃和没见过的白肉菱角，拎着清澈的袋装庐山啤酒边走边喝，看着眼前庐山的雾里如琴湖一会显一会隐。松散着，没做好打算去哪，路旁有一对夫妇在照相，请我帮忙——大约是这么开始的，我记不清了，后来或许因为我说话很好听（在没喝酒的前提下），又或许因为一个笑容刚好入眼，于是就开始聊，他们告知我们庐山有很多路线，玩几个星期都玩不完。当两位知道我们一条路线都没去过时，大为着急，接着大为操心，反复和我们说了几遍去哪条路线旅游好，怎么走。我们小鸡啄米似的点头表示记下了，并决定去风景最秀丽那一条路线。

走了一段路，听到有人喊我们名字，回头看，竟然是大叔他们。他们说走了一段路，觉得我们两个小姑娘肯定玩不熟，又没雇导游，而这条路线他们刚好玩过，于是决定不去别的地方玩，亲自带我们去玩。我们怎么好意思占用他们的宝贵时间，只是他们执意要带着我们两"小姑娘"去旅游，我也是个不愿拂人意的人，于是四人一起去游庐山了，一路景致和快乐自不必说，第二天，又结伴同游。人与人之间，陌生相逢，不计年龄，竟能投契如此。

眼看是一次惬意的旅行，最后一天临了却出了变故。当时旅游还不规范，我们一群人包车去一个景点，导游忽悠我们了，原本游客在外面都是忍气吞声的，但北京大叔比较耿直，就指责导游，让他带我们去说好的景点而不是带我们去购物。

当地导游没说几句就变脸，后来我们打了"消协"电话，导游到底把钱退还我们了，但那阴狠的目光令我们有点心惊，我们就决定提前离开庐山。四个人匆匆拿着行李，大叔阿姨竟游兴未减，要跟我们去福建玩——今天想起来，也可能是担心我们路上被欺负。于是，两个小姑娘就从庐山"拐带"走一对中年夫妇回了福建。庐山站是个小站，买不到坐票，只能买站票，我这人有些脚嫩，站一会就东倒西歪。旁边有个老人，显然是军人，腰杆笔直，头发花白，旁边坐着一群表情肃穆的中年男人，老人对其中一个说："起来，给这个姑娘坐。"男人毫无表情站起来，我实在撑不住就千恩万谢坐下去。坐了好一会，自觉不好意思，就站起来要把位置还给他。老人又对另一个说："起来，给这个姑娘坐。"第二个男人照旧站起来让座给我——原来是老人带着他的 5 个儿子出门。就这样，托老人的福，我坐完了 17 个小时的全程火车。

除了旅行中的遇见，人生有许多奇妙的时刻，会偶然让心与心相逢，游荡的灵魂遇见另一个灵魂。在福州一个学校读书时，我每天中午都去图书馆看书，那里的窗下，有一排绿色的芭蕉，阳光落进窗口，拐角的楼梯口有个明黄色的公用电话。中午时整座楼都无人，一个巨大的图书馆只有我一个人，趴在那里睡觉，或者泡茶、看书，很清静，不过也有无端疯长的寂寞。突然有一天，楼梯口的公用电话响起，持续很久，停了。因为是公用电话，我也不去接，依旧趴在桌子上。从那一天

　　　　　　　　　　　　多 情 故 我

起，每天中午 1 点，大家午休，我清醒在空无一人的大图书室里时，电话都会准时响起，很久才停息。一个星期过去了，新的星期一，电话依旧响起，我跑过去接。喂，我说。那头声音沉静，似乎一点不惊讶。这是公用电话，我说。我知道，他说。我不知道说什么了。沉默两分钟说：那我挂了啊。他说：好。于是我挂了电话。那个电话再也没响起。有时候我想，或许那是个和我同样寂寞的人，在孤独里拨响了这个电话；也许是谁随意拨打的，并不指望有人接听，只是一遍又一遍听电话里自动播放的语音。想象着电话线的另一头有个人、有颗心和自己一样静静等待。人与人的遇见，到底是心的遇见。

又有次在厦大的校道上走，道旁枝头是红艳艳的凤凰花。在校门边，遇见一老一少，老的满头白发，少的气宇轩昂，真是好人物好气场，唯一不足的是年轻这位有缕头发兀然翘起来，大概是在车座上压的，很触目很不协调。我紧走几步，越过他们，路过他们身边的时候抬手来摸了下自己的头发，头也不回往前走。过了一会回首，果然他那缕头发已经压下去，正在含笑接住我的眼光。好吧，这也是遇见。

刚过去这一年夏天，我去景德镇。本来想从向往已久的瓷都淘点好东西，但满眼都是平庸的物件或者价格居高不下而未必好的瓷器，逛半天有些失望地立在门口。看见一个取瓷器的少年邮差，长着异常英俊的鬓角和亚洲人少见的刀刻似的五官，我很惊讶。他觉察到我的惊讶，走过来，与我闲话。不知怎的，他讲起他的祖父是以色列人，偶然来到中国，到景德镇被瓷器迷倒，从此终身住在这里；他还说起祖父和祖母的爱情，用手比画的恋爱，说时脸上带着轻笑，映得身后将晚的天色越发浅蓝。风从街上穿过，我立在那里，听着这个少年对我这个遥远的陌生的女子吐露心事，讲一个古老而美的爱情故事——真是很美好的一次遇见。

时有落花至

　　那一年研究生毕业，背了一个红色旅行袋，坐火车去考博。从桂林到北京，一路白皑皑的暴雪，广播里不停地播放：某地的铁路塌了，路边树木变成雪墙，电线杆倒了一排排，机车、扫雪的人埋头深掘。一国人神经紧张、气氛严肃，火车内却很淡然。隔着凝结了的车窗往外看，一天一夜，几千公里的路程，窗外只有一个颜色：白。灰底子上凝固的白。

　　到了北京，下了火车，人群拥挤，车站黑而冰冷，却一点雪也无。南方都下雪了，北京却不下，第一次到北京渴望看雪的我觉得很失望。就这样到了北京。一只脚踏在北京的土地上，毫无感觉，而在南方生活了 20 多年的我，之前从未想过自己会来北京。

　　许多人问我：你来北京做什么？问的时候眼睛闪闪发亮，不忘补上一句：你来追梦吧？福建的同学则是崇拜地："你是北漂！""北漂"两个字在我听来总刺耳。文化人觉得我是来实现作家梦或者学术梦，生意人觉得我是来北京淘金，其实我是落榜了，就顺便待在了这里。当初为了学术赴京，几番失利之后，冷了这心，追溯起来也总算是个原因。

　　一群人一起去考博，我们学校赴京的人似乎特别多，自嘲是打着校旗率一队人马入京。我们学校虽然近西南，但在古典文学界的名气还好，倒不太讨老师厌。考着考着太累了，就把下巴搁在桌子上写，龙飞凤舞，写满15页纸。有人考着考着白日梦游起来，想尽了自己所历最悲惨的事。我考着考着开始神游太虚，茫茫两不见。走出考场指天咒地，说宁可跳20层楼也不再考了。考场对面是洗手间，一排人在洗手间的哗哗水声里大声讨论考题，一个高大的姑娘说："天！我们考的是填词，谁能完成？"我叫起来："早知道就去考那个了！"几年后在车上遇见当初报考的那个导师，他也连道遗憾不能收到我，古道热肠地想将我推荐到大陆之外的大学去，只是我从事学术的心已经淡了不少。一群人闹哄哄到底都歇了地，进了学，成了亲，工作了，在 QQ 群上亲热而疏远地闲聊几句，谈工资谈公积金谈奶粉，很快俨然真的成年了。

北京很大，紫禁城的雪景很美，颐和园的水池里据说有一对黑天鹅，或许某个深宅大院里，冬天白雪深处，会有几枝红梅盛开。这一切，像张爱玲说的那样：都是很好很好的。

还有更好的。春天一到，鹅黄嫩柳疏淡，春水微波，植物园千花烂漫；秋天枫叶颠倒一城。不在京城或者路过京城的人，留恋、思忆着它的美。

但你若问我觉得北京如何，我是一时答不上来的。许多话，别人早已说尽了，说得精彩到顶了，对北京大爱大恨，以京为荣，在京发达或落魄，都轮不着我啊。

距离产生美，或者美是否只在生活之外？好的，坏的，我都已经不知道了。

有一年春节在北京过。晚上一个朋友看我无聊，带我去买烟花，天安门禁止进入，就站在天桥上映照着来往车流燃放。当烟火划破夜空，心突然一起放开，快乐得跳起来，下面的汽车就看见天桥上两个又跳又叫的疯子。大年初一穿着长及脚踝的大红羽绒服，手缩在袖子里，去逛北京的一个小集市，头次看到抱不过来的大白菜，不加糖的大馒头，用马车拉的苹果山，脏兮兮的大马摇头喷气刨蹶子。最后端了一坛黄土咸鸭蛋回来。

在北京平生第一次做饭，不会开煤气灶，炒完第一盘豆芽，火苗把长发发尾舔焦了，旁观的一位男士坐不住了，抢了锅勺。我煲的第一锅汤是姜母鸭汤，用一个土黄罐。北京集中了全国各地的吃食和口味，但似乎除了烤鸭卤煮，都没那么地道。于是我慢慢学会了好几个地道北方菜。

在北京郊外住院子时，刚好秋天，每次坐大公交车都站在驾驶室旁，看着路旁，眼睛一刻也不挪开：满路绚烂，树叶正在从树上轻轻飘落，电影里的慢动作出现在现实里。金黄叶子缓缓飘落到地面时，感觉整个世界都屏住了呼吸。金黄的叶子落得厚厚的，一重又一重，整个城市都陷进叶子去了，童话一样地舒适温暖。

后来经常去地铁1号线，在傍晚5点半。这恐怕是全世界人口最密集的地方，往下看不见脚，抬头只看见一片脑袋林，在这个混合气味产生地，我经常庆幸自己鼻子不好使。走在人群里，可以毫不费力，脚不沾地被人流卷着走。到要关门的一刹那被背后的人用力往里推，全身站成一条僵硬的线，吸气把不存在的肚子收到最瘪，以免被地铁门夹住。下班了等公交车，叠罗汉；打车，等待戈多。

有次去听歌剧，半夜打车回乡下。路灯在树林上面亮得特别诡异，四面寂静无声，身边的司机一路不发一语，低头，只有黑暗的剪影。恐怖片中的默片，希区柯克手笔。由于过度恐惧的刺激，竟分外镇定清明。

在家里向父母、亲戚描述北京的路程，说，有人去上班，相当于我们这里到汕头或厦门的车程。他们"哦"一声拉得悠长，然后才反应过来，眼睛睁得极大："这么远！还每天！"

有次带着茶罐，在公交车上睡着了，醒来时，邻座不认识的男孩子双手捧着茶罐，正正的，唯恐茶漏出来。温暖。

有次租的房子下面是一溜院子，院子里是搭得细细的葡萄架，一嘟噜一嘟噜的绿色葡萄真可爱。有次下地铁迷路了，四下乱走，到一条老街，路旁都是槐树，春天，树下细细密密落着一圈没扫尽的槐花，圆的柔淡光环。老店暗红的招牌横七竖八挂着，淡色的天，也都相宜。

今年年底下了几场大雪。兴奋得睡不着，一夜夜坐在窗前看着雪无声地下来。第一次发现雪落确实是无声的，而且是以全面覆盖的形式。躺在床上，开着窗帘，雪光如昼。

大剧院把各种演出信息发到我手机里，嘟嘟响成一片。我只在那里听歌剧，穿着同三角梅颜色一样的麻纱旗袍，裙裾曳地，穿过一层又一层的甬道，在上下的两个电梯前迷惑，最后找到买的三楼斜边座位那里。视力不好，有时会羡慕地想起，《基督山伯爵》里头那个贵族的窗口，白窗帘上绣着红十字。

多 情 故 我

歌剧的间歇，我会溜出来，提起裙角，坐在走廊的石栏杆上往下看，发现有人时再"扑"地跳下来。

有次在中山音乐堂听钢琴时睡着了，出来后，繁星满天，慢慢走去，夜气清凉如水，灯白晶莹。远处滑过一个潇洒而略带熟悉的背影，却不想去追。一切如梦如幻，看着背影消失在松影背后。

夏天一到，中山音乐堂很萌地在票后面附上了冰激凌券。我积累了一叠，也不去领，有时拿出来看看，很开心。

动物园里地上捡起来喂鹿的叶子，总有清新的味道。有年我生日，熊猫为我表演了一场。坐在中间的草地上，天空时不时有老鹰啸过，小鹰在身边盘旋。

在生活里惦记这些，开始隐约有了罪恶感——周围的人要求太多。其实这些在我，都是很好很好的。

和球有关的时光碎片

近来每夜熬着看球，挨到 12 点前一刻，头一歪睡去，睡到三四点，醒来擦擦口水，惺忪睡眼看晃动的屏幕，看到进球才跳起来，一副灵魂与肉体不同步的失调姿势。从初中到现在，各种穷形尽相，从少年到青年，活生生熬过了四五届世界杯，纪念一下。

其实很感谢它。因为它，过去漫长的混沌生涯突然变得清晰有序，可以用每届世界杯来当标签隔开，一幕一幕都很鲜活。

最早一次看足球，是班上男生的一次集体哀痛，大概是当时还有口气的国足错失进入世界杯的机会。隔天放眼看去，一片男生都表情严肃，眼观鼻鼻观心，坐位置上如老僧入定石化了。偶尔有人提起球赛一个字，白衬衣蜜色肌肤的班草红了眼圈，要掉泪。这样的表情让我十分纳罕，又架不住前后座男生越过我隔空大谈每场球赛，于是我也开始看球，知道了很多球星，订了《足球俱乐部》杂志，在各类风格的球评里沉迷。这样的吸引是一种乐趣的招手，令人不自觉又无法抗拒地走过去。

第一次看世界杯，是我中考完去厦门阿姨家过暑假时。刚好赶上台风，天气闷热得吓人。表弟后来长得有点像流川枫，却不打篮球而踢足球，其时刚上小学，在足球上已经可以做我老师。他每天出去踢球，回来都会告诉我进了几个，有天回来却平静地说："今天我一个球都没进。"我正想安慰他，揣度是摸头亲切还是拍肩膀温暖，他又平静地说："我当守门员。守门员生病了。"我发现爱踢足球的男孩子都是这样，生活中很平静，爱干净的衬衣或T恤，遇到什么事也一脸沉静，教人很难想象他在球场上的活力。那次世界杯是德国队和意大利队的决赛，两支以防守和保守出名的球队相遇，只有闷死人的节奏，加上台风天的烦闷，我和表弟只能躺在地板上，熬夜等候。最后生着病的小表弟终于看得睡着了，我却异常清醒，看着球，发现小表弟的嘴巴干裂得要破了，拿了一瓶菊花茶，插上吸管放进他嘴里，他一抽一抽地睡着喝完了。那届闷热无比的世界杯，我和去年新婚的小表弟，木地板，当年最流行的饮料菊花茶，只有在岁月流动里，平淡沉闷才有了一丝惆怅的柔色。我订的《足球俱乐部》10年前曾停刊过，当时我们班男生和我如丧考妣难过了几天。

第二次看世界杯时我读大学了。在校园的小桥边，有个小卖部，摆着电视机，一个夏夜，我游离了烛光诗会，呼吸着月下的玉兰香气，沐浴着脉脉晚风，行到那里，发现站满了人，正在看球，我一下子就融进去了，站着看，站着喊，看得太陶醉，事后竟然不记得是谁跟谁在比赛。比赛应该是非常精彩的，结束的时候我差点和男生拥抱成一团，大家兴奋地击掌。这对文静的我，向男生开口前总要想很久的我，实属生命中的一次例外。恢复理智的时候，我发现自己站在男生中间，人群中只有我一个女生。这种理智断层瞬间，几乎不能用理性解释。

最闹腾的一届世界杯是在福州看的。那时我已经参加工作了，再回校园读书，自觉是个大人了，又有收入，准备好好玩这届世界杯。我早早计划着。听人说五一广场大屏幕看球好，我和班里的一群同学做足准备工作，骑着自行车去五一广场看球。我们背着大瓶水，带着零食，甚至带了国旗，因为那是一场国足的世界杯预选赛，中国对巴西，之前已经输了一场。我们约好，只要有进球，甚至没进的精彩射门，我们就摇国旗吹口哨跺脚。从学校到广场，骑车要 45 分钟，提前两个小时去。到的时候，广场上已经满是人，巨大的屏幕以笼罩四野的气势屹立，想着，这次可以好好看一场吧？暮色一点点暗，灯光一簇簇亮，期待中的大屏幕却始终没有亮起来。我们是多么失望啊！比我们更失望的是广场上的人群，但是比赛还没开始，大家仍抱着一丝期望等待。时间一分一秒地过去了，大屏幕始终没有亮起来。终于，比赛时间到了，比赛过去 10 分钟了，20 分钟了……我们赶回校看也来不及了。广场上的人群骚动起来，像一个巨大的海洋搅起了黑暗的漩涡。人们是如此愤怒，本来过来看这场球，每个人都做好迎接失败的准备，但不能接受的是不面对！不能接受！！人群的暗流变成散乱的暴流，传说中的球迷暴动闹事在我眼前上演了。其实在暴乱中的我们，并没有很惊慌的感觉，说起来简直可以称之为文明的。有些人砸着栏杆，有些人走着走着，气不过，把路灯顺手掼了。最大的事件就是把过路的车拦下来，领头的一些人爬上了最大的一辆公交车顶，挥舞旗帜，喊着口号。司机也配合着往前开。余下的人都在广场上，齐喊："开电视！开电视！"我也喊。到底没开，直到球赛终了，得知预料中的结局，人群在广场上久久不愿散去。我们骑车回学校，一路上的夜风真悲伤，还有一丝陌生的兴奋刺激。

读研一时又一届世界杯来了。刚好要英语考级，因为之前没领六级证书，四级证书又过期，我得再考一次四六级，才能研究生毕业。可是，世界杯也到了。为了不影响室友，前一天我半夜从宿舍溜出去，在走廊里看荷兰队的比赛，和葡萄牙的一场打得流血，十分郁闷，垂头丧气回屋睡觉时却被同屋责怪，说我没叫她一起看。接下来我们就着宿舍小电视的模糊画面，看了每场比赛。眼看明天就是四六级考试了，我决心认真早睡，室友也配合地去客厅看球了。我独自躺在黑暗里，努力地让自己朦胧睡着。突然一阵地动山摇，然后是一片呐喊，我被吵醒了，很好脾气地让自己又睡去，不久又被吵醒了，感觉整座楼都在颤抖，跺地板声，叫声，不是几个，是一整栋女生楼的叫声。几阵过后，怎样也睡不了了，爬起来去客厅一看，原来是英格兰球队，原来是"万恶"的贝克汉姆！好吧，今天贝克汉姆已经退役，他不会知道他欠我一个无眠的晚上。还好第二天的考试通过了。

上届世界杯是在北京郊区的一个小院看的。足球我主要看的是世界杯，狂热过的却是 NBA，还有一年看完了全美大学生篮球联赛，觉得那年日子分外坚实。我父母是地道的体育迷，他们最爱看的是乒乓球、排球、羽毛球，所有中国队一定会赢的球；近来热爱的是李娜。

其实我一向是球运不佳的：初中时路过黄泥地球场经常被

足球砸；大学去吃饭会被排球打飞手中饭盒；在福州经过操场，一个篮球就掼过来砸我脑门上。真相在快 20 年后揭开，那个在泥地球场上的球队队长——学习最好写作最好的男生，喜欢我，大家都知道，我不知道。

饭盒被砸飞，我站在食堂过道上，对着迎面走来捡球的男生怒目而视。那个好看男生气势比我还汹汹："是不是不砸你，你就不会看我一眼？"

我捂着脑门，回头看，一个人高马大的女生在篮架下，恶狠狠看我，然后柔情似水看我身边男生——那个太熟一直被我当作书童使唤的男生。顺着她的目光，我第一次发现他有点帅。我恍然大悟，瞬间差点泪流满面：姐，你砸他好吗？我帮你写情书好吗？

和球有关的生涯，爱着、被爱着的那些时光碎片。时光老去，足球怎么不见老？

行路难

晚餐多喝了一杯杨梅酒，或是两杯。又看完了一本书。

往家里走的时候，天下起了雨。渺淡雨点，细微至不能目见，仅凉意在皮肤上散开。我画山水画，临了，砚台里余一滴白水，墨条散发香气，一切如无言的心情。

许久未在雨中行走，道路仍是嘈杂。行人车辆忙乱吵闹，赶去自己的方向，在道上喧嚣交缠碰撞搅成一团。

下了雨，只有灯光明了，怀念松香的心情，在夜空里洁净地淌开。"雨中山果落，灯下草虫鸣"，一首好诗住在心里，不时遇，不时隐。

灯光照着我的小腿，婷婷光影，也照着树，稀疏姿态落在路面上，丝丝缕缕。我穿着颜色介于豆绿色和苹果绿之间的裙子，手插在旁边口袋里，绿化带有浓重黑影，想起日里路过看见里面躲着白色栀子花，泛起一种幽微思绪。

边走边看着天空发呆，想起一个美好时刻，却又被路人莫名打扰，他侧着头，打着电话，眼睛看着我，可憎。等我从坏心情里折回，已经不记得想起过什么了。日复一日地向前走去，也不知道尽头是什么。回头看身后来路，灯光和树，平淡无奇。

此时下雨，在京城，杏花微红湿润，在洁白里浓郁。到了半夜，从枝头悄然坠下，有月光的晚上，无月光的晚上，如果天是幽蓝，就是凡·高的画《杏花》，这一刻清淡，却深邃耀眼。第一次看杏花，疑惑至今，我所看见的杏花似乎都是粉色的，至多粉色浅淡，轻绡如羽毛，唐诗里写起来却是"村过杏花白"，念起来果然画面好看，浑然一个世界，古画里的杏花也是要蘸了白色的颜料，重重饱满地涂上去。但杏花到底是白色还是粉色？今日才恍然，它在日光照耀下是洁白的羽翼，如今这般微夜这般微雨，是一丝微红。花的心事，大约也和人一般，在特殊时刻悸动，欲诉无处，轻轻坠落。

　　从前最爱韦庄，"春水碧于天，画船听雨眠"，觉得一生的明亮春光都在那里了。因为定格，人生和春光，会永远下去，好像春雨络绎不绝滴在船篷上，我是船中高枕的行客，这人生，该是船下平顺无迹的横波。今夜才想起，我到底也未曾在江南无边的春色里，依在画船上，和一个相看两不厌的男人，以一杯雨色接一杯春色互酌，而这艘画船，却因"春潮带雨晚来急"，不知何往，任意东西了。有些事情，该做时不做，过了那个心情，也不可为了。从前总觉得无事不可为，现在才知道，原来确实事有不可为，因为那份心情，已然不在。

　　到底也还没去过太湖，在烟波浩渺里看一湖烟雨，数千年归去了多少风流的五湖烟雨。

　　这般晚上，漫步巴黎街头，确实和伍迪·艾伦一样，恨不得整夜徜徉，看着灯火里雨里的巴黎，乘着精致的老爷车，沿着塞纳河开去复古美丽的酒馆、咖啡屋。或者在伦敦，风和天

　　　　　　　　　　　　　　　　　　　　　　多 情 故 我

空都宁静高远，生活是一幅安静的画，微雨把油画淋湿成水彩，咖啡香在雨夜里分外浓郁。

可怜我走在一个中国县城的街道上，绿树挡不住周遭粗野，只好躲进唐诗，一个粗鲁声浪都会打破我冥想的乐趣，只好匆匆写了几句，匆匆回家。

在北京有次出去，走了许久，下着大雨，从一个地铁站出来，满满的一车站的垃圾漂浮，仿佛地狱一般。我被吓坏，好容易打到一辆车，下了车，又去办事，走一段，雨下一阵，站在大铁门的绿笋丛下避雨，铁门是沉沉的黑色，雨水打在叶子上、街上，发出空荡的声响。雨停了，往前走，走一阵，下一阵，裙子的领口和裙边都湿了。终于看见一个林木葱郁的店，赶紧走进去，是一家日本料理店，脱下鞋子，坐在榻榻米上，看灯光温暖，餐具洁净，摆盘造型美好的菜一道道端上来，有一种从地狱回到天堂的感觉。点了一个豪华套餐，吃不了，看看也好：兰花簇拥的三文鱼刺身，烤白果，芥末章鱼，装在一片狭长的树叶上，一朵玫瑰花塞在烤鹅肝里，牡丹虾的头嵌着黄金菊，海胆在玻璃器皿里透着水晶的光泽，好像坠落的星星……清酒装在修长的竹器里，杯子是石雕的，慢慢饮一杯，活过来了。